若き日の日野啓三

昭和二十年代の文業

山内祥史

和泉選書

目　次

I 「向陵時報」紙上の日野啓三 …… 1

1 府中中学から一高へ 1
2 一高入学の頃 4
3 文学への目覚め 7
4 創作「永劫の図」 10
5 創作「同志」と時報委員 12
付 戦後の「向陵時報」 23

II 「現代文学」誌上の日野啓三 …… 41

1 「現代文学」創刊号まで 41
2 「現代文学」第二号 48
3 「現代文学」第三号 55
4 「現代文学」第四号 59
5 「現代文学」第五号 62

Ⅲ

「近代文学」誌上の日野啓三―昭和二十六年まで― …… 65

1　荒正人の講演　65

2　荒正人と「近代文学」とへの接近　67

3　「野間宏論」　72

4　「イリヤ・エレンブルグ論」　77

5　「堀田善衛論」　82

Ⅳ

日野啓三・昭和二十七年の文業 …… 89

はじめに　89

1　ジャン・ゲーノ著『深夜の日記』　92

2　李広田作『引力』　96

3　除村吉太郎編『ソヴェト文学史』Ⅰ・Ⅱ　98

4　「現代の《人間の条件》」　102

5　「虚点という地点について」　103

むすびに　110

V 日野啓三・昭和二十九年の文業 ……… 113

1 レオニード・レオーノフ著『襲来』 113
2 「大審問官論」 118
3 伊藤整著『火の鳥』 127
4 「アルベール・カミュと正義」 132
5 「現代評論」創刊号 137
6 「現代評論」第二号 149
7 「新日本文学」の「読書ノート」 156
　七月号の「読書ノート」 157
　八月号の「読書ノート」 159
　九月号の「読書ノート」 160
　十月号の「読書ノート」 161
　十一月号の「読書ノート」 163
　十二月号の「読書ノート」 165

凡　例

一、引用文中の旧漢字は、新漢字に改めた。ただし、引用文中の「藝」「芸」の字は、原文のままとし、それ以外では「藝」の字を用いた。

一、引用文中の仮名遣いは、新旧仮名遣いの転換期であることを考慮し、すべて原文のままとした。

一、引用文中の誤った表記と思われる箇処には、横に（ママ）印を付しておいた。

I　「向陵時報」紙上の日野啓三

1　府中中学から一高へ

日野啓三は、日本が戦いに敗れた昭和二十（一九四五）年八月十五日当時、朝鮮京城の龍山中学校四年次に在籍していた。「晴れ上がった空が痛いほどまぶしかった盛夏の正午に、聞き取りにくいラジオの「重大放送」とともに不意に訪れた停戦」だった。戦争はそのときを境に一挙に終わった。「まるで目に見えない巨大な斧の一振りで断ち切られたよう」だった。日野啓三にとって八月十五日は、「一瞬にしてすべてが変わるあのめまいに似た強烈なもの、むなしいほど鮮やかなもの」があるという。その後、街で「朝鮮独立」の「祝賀デモ」が続き、日野啓三は、「亡国の民」として不安な日々を過ごしたようだ。同年十一月三、四日頃、持ち物のすべてを失い「リュックと絶望だけを背負って」貨車で京城を離れ、余りの混雑に興奮しながら、家畜の臭いのしみついた狭い貨車の隅に蹲っていた。「釜山で三日野宿の後」やっとの思いで引き揚げ船に乗り「十日夜明け」朝鮮を離れた。「一週間余の死物狂ひの旅の後」十一月「十二日朝兎に角全て無事に」広島県芦品郡宜山《むべやま》村大橋の父の郷里の「古くだだっ広い家」に落ちついた。十二月二十二日頃、父の母校の福山誠之館中学校への転入学を申し出たが、校長は、差し出した通知簿をろくに見もしないで「外地は程度が低い」という理由で断られ、翌日府中市の府中中学校の四年次に転入学。翌昭和二十一（一九四六）年四月四日、「超満員の列車で二十時間近く」かかって東京に着き、旧制第一高等学校文科甲類を受験した。

日野啓三「一高とは何だったのか」（「向陵」一高百二十五年記念号、平成十一年十月三十日付発行）に、「戦時下の軍国主義と社会風潮に息が詰まる思いをしていた」頃を回想したつぎのような言説がある。

> 三年生になって古本屋めぐりをしているうちに、受験雑誌のバックナンバーに出会い、その中の一高の紹介記事をむさぼるようにして読んだ。開戦前の良き時代の号もあった。そこでは戦時下の学校と世間で侮蔑され非難され続けている「自由」とか「自己」とか「真理」という言葉が、最も大切なものとして輝いていた。新刊の号でも、控え目ながら一高の価値観を守り抜いている一高生の寄稿の文章を繰り返し読んだ。

日野啓三は「朝鮮半島から遙かに、一高という〝この世のものならぬ城〟を心に描きながら戦争末期の苦しい日夜を耐えた」という。帰国のため京城で自分の持ち物を焼いたとき、古い受験雑誌から

「一高の時計台の写真」を破いて持ち帰っていた日野啓三は、「一高への夢想」に憑かれていたようだ。「戦争中、自分の守り通してきた心の中の深い思い、遙かなる憧れからも」一高進学は「個人の能力や意志を越える必然のようなもの」と感じていたという。入試前日「一高前」で井の頭線を下りて、初めて時計台を目にしたとき「言い難い心身の昂《たかぶ》り」を覚え「体が震えた」。

四月五日第一次試験（筆記）が午前午后五時間半にわたって行われ、第一次合格者は四月二十日に発表され、四月二十九日から五月四日まで第二次試験（身体検査と口頭試問）が実施され、第二次（最終）合格者発表は、「陸海軍学校の廃校に伴い旧軍学校出身者の入学志願者があり、それらの者全体の中に占める比率を制限すべし」との占領軍政策のため大幅に遅れ、七月十六日に行われたが、日野啓三はこれにも合格。中学校四年修了で第一高等学校文科甲類（第二外国語露語）に進学することとなった。九月五日新入生の入寮が開始され、九月八日に地方在住者新入生に対する説明が行われ、九月九日午後二時から入学式、翌十日入寮式が挙行された。

一方、第一高等学校寄宿寮発行の「向陵時報」は昭和五（一九三〇）年一月十七日付で第一号が発行され、昭和十九（一九四四）年五月二十一日付で第百五十七号の「終刊特輯号」が発行されて廃刊。「一星霜」を経て、戦い終えた後の昭和二十一（一九四六）年六月二十二日付で復活第一号の第百五十八号が発行されている。日野啓三入学後に、最初に発行された「向陵時報」は、昭和二十一年十二月七日付発行の第百五十九号であった。

その第百五十九号の第一面には、「新入生出身校調査」という見出しの記事が掲げられている。「七月十六日発表による新入生出身調査は左の如く、東京出身四四・二％、関東地方一五％その他となつてゐる。」という前書きの後、「（入学者数）」と出身中学校名とが列記されている。入学者数（一）のうちに「府中」があって、これが入学者日野啓三とその出身中学校名と知れる。因みに、この年福山誠之館中学校からの一高への入学者は、なかったようである。

2　一高入学の頃

第百五十九号には、「謹悼　原口統三君」の特輯が組まれて、橋本一明「歌なき勝利―原口統三兄の死を悼んで」と宇田健「近代人―原口統三に捧ぐ―」とが掲げられている。さらに、原口統三の遺稿集『二十歳のエチュード』（前田出版社、昭和二十二年五月十五日付発行）が、「訣別の辞に代へて」「Études I」「Études II」「Études III」の諸稿を収録し「版権者橋本一明」「編集者伊達得夫」として上梓されている。原口統三は、昭和二（一九二七）年一月十四日、京城生まれ。植民地育ちの秀才で、「終戦前後の一高寮でその詩才が畏敬された」（清岡卓行）が、昭和二十一（一九四六）年十月二十五日夜、逗子の海に入水して、自ら二十（満十九）歳の生命を断った。原口統三と同年同月生まれで、「亡くなる直前の二か月」寮でよく話をしたという中村稔は、「時代の証言者／詩と法律8」（「読売新聞」平成二十四年十一月一日付発行）で、「自己の誠実に殉じた、原口統三を忘れるわけにはいかない。今でもその思想は、私に突き刺さったトゲです。」と述べている。同じ植民地育ちの日野啓三が、原口統三の追悼記を、どのような想いで読んだのか、原口統三と同じ年齢の時、自殺を図った事のある私には、興味がある。自筆の「日野啓三年譜」によれば、昭和二十（一九四五）年の項に「芥川龍之介の遺書などを繰り返し読」み、「しばしば自殺を思う」とある。しかし、日野啓三の回想に従えば、当時の彼は、同紙の「論説」欄に掲げられた上田耕一郎「唯物弁証法に就て」等の方に、より興味を持ったのであろう。「その頃文学好きの同級生たちの間では、太宰治や織田作之助の作品が流行していたが、そうした絶望の文学に私は必ずしも同感できなかった。」（「怒れる夢の人」）と日野啓三は回想している。大岡信「日野啓三、思い出」（「すばる」第二十四巻第十二号「追悼日野啓三さんに寄せて」平成十四年十二月一日付発行）には、次のような言説もある。

　私は敗戦直後の一九四七年、旧制一高文科丙類に入学した。そのころは、沼津中学以来書き始めていた詩というものにのめりこんでしまっていた。寮の文芸紙に「向陵時報」という、年一回ようやく紙の確保ができる程度の、せいぜい十六ページくらいの発表機関があって、そこにいわば戦後の一高文壇・論壇は集中していた。一、二級上のえらい人々が、輝かしい感じでそこに作品を発表していた。ペンネームも多かったが、村松剛、工藤幸雄、中山（浜田）泰三などがいた。

原口統三が前年湘南で入水自殺した衝撃がずっと尾を引いていて、彼の敬愛した先輩である清岡卓行や友人中村稔、橋本一明などの名もよく話題に上った。しかし、私には、この少し年上の人々は少々縁遠い感じだった。同様に、私の一学年上級生だった日野啓三にとっても、こういう文学的雰囲気はほとんど無縁だったろう。

つまり「暗くネガティブなものに共感」しながら、同時に「夢のようなヴィジョンの光」が「一切の暗いものを強烈に照らし出」し「逆に深く暗いものの輝きの暗さが、夢のようなヴィジョンのリアリティーを支える」ことを願っていたようだ。

入学後、日野啓三は、弁論部に所属し、寄宿寮は北寮十五、十六番の弁論部室であった。弁論部室に入室したのは、上野雄二、木村晴夫、後藤昌次郎、関口尚哉、丹野修、岡政昭、日野啓三、菅原成典、島崎得三、佐藤篤司、堀口孝男らで、担当教授は真下信一教授。昭和二十二（一九四七）年二月一日付発行の「向陵時報」第百六十号によれば、「一高弁論班　朝日討論会優賞《（ママ）》」の見出しのもと「我国最初の試なる朝日新聞社主催大学高専討論会に一高チームは優勝した」として、その「経過」の詳細が述べられ、更に、復活した「一高三高聯合弁論大会」の模様も、一人一人の弁論内容まで紹介、結果、土井教授から「三高の敗北」が述べられ、一高は「好成績を挙げ得」たとある。一高弁論部が際立って華やかに活躍していた様子が知られる。昭和二十二（一九四七）年十月には弁論部主催で

「学制改革に際し、一高は如何に転身すべきか」というテーマで校内討論会を開くことを企画した。発起人は、上野雄二、後藤昌次郎、日野啓三、丹野修であった。準備万端調えたが、開催直前に、竹山道雄教授を通して、学校当局から中止の要請があり、それを受けて中止したようだ。「向陵時報」には、他にも「向陵生活」についてや「自治寮」について初め、日野啓三が「ものの見方、考え方、生き方の基本を習った」と回想しているような、様々な論説、随想、創作、詩などが、多く散見する。

3　文学への目覚め

日野啓三「怒れる夢の人—回想・荒正人—」（「新潮」第七十六巻第八号、昭和五十四年八月一日付発行）等に依れば、「昭和二十二年の秋、旧制高校の二年生だった」日野啓三は、「まだ焼夷弾の突き抜けた穴がぽっかりと天井にあいている講堂で行なわれた講演会に、偶然入ってみた。」という。「文学少年でなかった」日野は、当時「荒正人という名前も『近代文学』という雑誌の存在も全く知らなかった」という。

> いやに早口でしゃべる元気のいい講演者の言葉を、講堂の隅でぼんやり聞いているうちに、私ははっとしたのである。確かそのとき荒さんは、野間宏の『顔の中の赤い月』と椎名麟三の『深

夜の酒宴』を例にあげながら、エゴイズムとニヒリズムについて語ったのだか、それまで後めたく後暗くどうしようもないものとして、ひとり自分の心の中に押しかくしていた黒々としたものが、それこそ新しいヒューマニズムの原基だと、その講演者は熱っぽく説いたのである。

　戦争中に修身の教師が黒板に大きく「個人主義」と白墨で書いて「これこそ最大の悪だ」と言いながら教室じゅうをにらみまわしたとき、私は自分のことを言われたように怯え震えたことがあった。その恐怖は敗戦後も引き続いて心の中に残っていた。その意味では、その講演を聞いたときが私にとって、真の戦後の始まりだったのかもしれない。

　講演が終ってから、小規模な座談の集まりのようなものがあった。私がしきりに質問したらしい。集まりのあと講演者は名刺をくれて、「よかったら家に遊びに来給え」と言ってくれた。それが荒さんだったのだが、いまから逆算すると荒さんは三十四歳、私は十八歳だった。

「戦後文学というものの存在を知」った日野啓三は、野間宏「暗い絵」「崩壊感覚」、椎名麟三「重き流れの中に」、埴谷雄高「死霊」などを読み始めて、文学という形でものを考える道があることを、初めて身近に感じるようになったという。「暗くネガティブなものに共感」しながら、同時にそれを「押しつめた果ての聖なる光」近代的市民的なものに強くひかれていたようだ。昭和二十三（一九四八）年二月一日付発行「向陵時報」第百六十二号の文藝部「詩の春に寄す」には「時報の投稿が現在一高の文藝発表の唯一の機関である」とあり、同紙末尾には、「向陵時報部」からの「向陵時報原稿募集」という見出しの次のような広告が掲げられている。

向陵時報第百六拾三号の原稿を募集する。論説一般、文藝作品すべて有能なる投稿を期待する。四百字三拾枚内外、カット写真等は明寮二階時報室迄持参されたい。新人の登場を切に望む。

これを見て、日野啓三は、「向陵時報」への「創作」の投稿を決意したのであろう。昭和二十三（一九四八）年六月二十五日付発行の「向陵時報」第百六十三号には、「向陵時報編輯部」の委員杉山邦衛の「編輯後記」が掲げられていて、その一節に次のような言説が見られる。

「狭き門」の作者日野君に一言。秀れた点少くありませんし、働く学生の創作として成功してゐる点は多いのですが、働く学生その人が、「苦しいバイトの中から残した金で買つて行つたアジの干物を涙をこぼさんばかりにして喜んで食べた故郷の病床の母」を無抵抗に思ひ浮べる人間であつてはなりません。事実さうであるのだから仕様があるまいと言はれると困りますが、創作と銘打つには、矢張り異つた要素が必要でせう。それは、ひとつの主点を明晰判明に、修辞学上からも明晰判明に表現する技なりと決定します。若し更にそれが誤りであるとすれば、寧ろ君自身の生活が小説に書かれぬ方がより貴重なのではないかと考へます。之は一聯の人々に対する僕の苦言です。併し乍ら結局最後に、悪作にては決してなかつたと断じます。

ここに批評されている日野啓三の創作「狭き門」は、残念ながら現在見る事が適わない。没になったものと思われる。だが、「駒場の一高寄宿寮」で「ものの見方、考え方、生き方の基本を習った」という日野啓三にとって、この杉山邦衛の「苦言」は、学ぶべき点のある批評と感じられ、次の創作に生かされる事になったようだ。

4　創作「永劫の図」

昭和二十三（一九四八）年八月一日付発行の「向陵時報」第百六十四号全二面の第一面には、森有正「勉強といふことについて」と日野啓三の「創作　永劫の図」が掲げられ、第二面には、杉山邦衛の創作「卑怯な心」と片山毅の随筆「模倣の心理」が掲げられている。森有正、片山毅の二編は、依頼されて寄稿した一高教師の随想であって、この号の中核となっているのは、日野啓三と杉山邦衛との二つの創作である。日野啓三の創作は、杉山邦衛の先の「苦言」を尊重した結果か、作者「その人」が主人公でなく、また、作者「自身の生活が小説に書かれ」てはいない。この創作「永劫の図」

については、いずれ著作権所有者の了解を得た上で、全文を紹介したいと思っている。

第百六十四号の時報委員杉山邦衛の「後記」には、発行に到る経緯が次のように述べられている。

> 嵩む一方の印刷費、竝びに用紙入手の加はる困難性に災されて、向陵時報の増刊は愚《（ママ）》か定期の発行さへ危くなつて来てゐる。
>
> 其の至難性の根幹を衝きたく思ふ。（略）私はこゝに唯一つのことを試みてみた。四面を二面になして二回の発刊とすることである。論説に主点を置いたのだが、惜むらくは投稿が全く無かつた。為に偏つた紙面となつたが、実は私の案じてゐたのは専ら経費と印刷との問題である。
>
> 幸ひ中央会計委員仙石敬君其他諸兄の御厚意から相当額の資を獲《（ママ）》て、実現の運びをとることが出来た。
>
> 片山先生、森先生の原稿依頼に際しての快諾は嬉しく、忘れることができない。各二篇の詩と短歌、一篇の俳句は到底とるに耐へなかつた。日野君の作品、難詰で胸が一杯なのだが、毎回の熱心な投稿には、情にほぐ《（ママ）》されたかたちとなつてしまつた。
>
> 文藝部は蹉跌続きであり、向陵ルネツサンスの幻夢は嗤ふべきであると思ふ。

「文藝部」復活の夢は砕かれていた当時、「文学」に目覚めた一高生日野啓三が作品を投稿できる機関は、「向陵時報」だけであった。第百六十三号へ「狭き門」、第百六十四号へ「永劫の図」と、毎号創作を「投稿」する日野啓三に、時報委員杉山邦衛は、心打たれたのであろう。文学作品のうち、詩、短歌、俳句は没にしたが、「日野君の作品」は「難詰で胸が一杯」だが、「毎回の熱心な投稿に」情に絆されて掲載したという。どのような「難詰で胸が一杯なの」かは、書かれていないので、不明だ。

5　創作「同志」と時報委員

昭和二十三（一九四八）年六月二十五日付発行の「向陵時報」第百六十三号に、「原稿募集」と題する次のような文章が掲げられている。

> 第百六十五号の原稿を汎く募集します。論説、評論、創作、詩歌。締切九月十五日。投稿は正門脇投稿箱又は明寮三階読書室迄。

「向陵時報」第百六十五号は、昭和二十三（一九四八）年十一月三十日付で発行されているが、その第三面の「文藝」欄に日野啓三の創作「同志」が掲載されている。この作品は、先の「原稿募集」の「締切」から推して、昭和二十三年九月十五日頃迄に脱稿されたものだろう。稲垣眞美は『旧制一高の文学』（国書刊行会、平成十八年三月三日付発行）で、「同志」の梗概を次のように紹介している。

> 日野の「同志」は、まさに党活動にも関わった体験に裏打ちされている。主人公は、学生の共産党員大会の席上、思わぬ旧知の姿を見出して息をのむ。その友は、かつて陸士に進んだ軍国主義の固まりのようないかつい男だったのだ。それがいまや実践力に富む優秀な党員となっている。主人公はわりきれぬ思いにとらわれるが、やがて共にデモの列に加わり、ウンカのような武装警官隊を前にして、二人はしっかりとスクラムを組んでいた。

また、大岡信「日野啓三、思い出」（前掲）には、次のような言説がある。

> 日野啓三には「向陵時報」に発表した小説が一つだけであって、これは彼自身、たぶんどこでも触れたことがないから、自分では若書きとして否定していたのかもしれないが、もう名を挙げても許されるだろう。それは「同志」という題の、いわゆる同伴者文学的な短編だったと記憶する。

この「同志」についても、先の「永劫の図」と共に、いずれ著作権所有者の了解を得た上で、全文を紹介したいと思っている。

却説、第百六十五号の第四面には、「（第百七十五期　寄宿寮委員）」が紹介されていて、中に「学藝文甲三ノ一北十三外信也」「時報文甲三ノ三北十三日野啓三」とあって、学藝委員に外信也が、時報委員に日野啓三が就任したと知れる。就任は九月十日で、次の第百七十六期の寄宿寮委員が就任する昭和二十三年十二月三日まで委員を務めた。第二面の「論説後記」には、「（S）」の文章と共に、「日野」の次のような文章が掲げられている。

この度は市原先生と八杉先生から原稿をいただきました《（ママ）》　市原先生には生徒課長の多忙の中を、又八杉先生には非常な御老体にも拘らず快よく御寄稿下さつたことを深く感謝する次第です。
又論説の選衡その外は外君におねがひしましたが忙しい中をよくやつてくれたことを併せてお礼申します。

また、「同志」の掲載された第三面末尾には、外信也の「小説というもの」と題する、次のような文章が掲げられている。

僕達が小説を書いて友達に見せると大抵、それは小説ではないと一言のもとに言われる時が多い。たしかに下手なのだからそれもつともだと思うが、やはり小説らしいということをはつきりさせてから批評するのが当然だらう。

何が小説なのだろう。一言にいうことは出来ないし、無理にいえば誤か不充分なものになる。だが、ごくありふれたことだけれどもリアリズムが根底となるべきだと思う。小説はリアルなものを、如何に表現するかということ。勿論初めにことわつた通り、それは一要素にすぎないかも知れぬが。

大衆小説の持つているものは偶然と感傷のみだそうだがいわゆる純粋小説にそれがあつてはならないとはいえないと思う。僕はむしろ偶然――可能性を求めたい。たゞしリアルな可能性を。しかもそれがロマンチツクに！　二十世紀の悲劇は可能性とロマン主義―英雄主義の喪失に始つた。十九世紀の産物だと思つていたがそれが、現代のヒーロー絶望を追い出す時が来ている可能性を身につけた英雄！　オプチミストこそ僕達の友となるだろう。

日野君の「同志」は僕のこういう気持に近づいているので大変嬉しく思つた。こまかい技巧の点は僕にはよくわからないが、君の創作態度に同感する。だが作品そのものは色々不満に思つた。それはリアルなものでない処だつた。特に終りの方など。いかに生きるか、君はもつと可能性について確信を持つて下さい。虚無も絶望もリアルな可能性――実はそれが必然的なものであるのだが――の中に止揚することが今後の途ではなかろうか。

早くに日野啓三の創作を論じた、注目すべき文章といえよう。この評言は、日野啓三に浸透して、彼の生きる姿勢の生成に深く関わったように思われ、興味深い。

なお、第百六十五号の第五面には、「文藝欄後記」が掲げられ、「(N)」の署名がある。大岡信「『向陵時報』終刊号のころ」(「向陵」第四十一巻第二号、平成十一年十月三十日付発行)には、「日野啓三の委託を受けて中山泰三が書いていることは明らかだ」とあり、「文藝欄後記」が全文引用されたあと、次のような評言を誌している。

> お互いに肩そびやかし、知的格闘をたえず演じている旧制高校生のある一面がN署名の「後記」にもおのずと反映している。特に後段の村松論文に対する言及には、中山泰三のこの大秀才の聞こえ高かった村松の文章に対する異和感が、スフィ《(ママ)》スティケーションの背後に透けて見えるようで、旧制一高生同士の知的格闘技の一シーンが現出していると感じられる。
>
> 日野啓三はこういうマセた文学青年たちの仲間に加わって丁々発止と論を闘わすのを甚だ苦手としていただろうと私は推測するし、第一彼は村松のエッセーなどについて何か感想を書くようなことは、はなから敬して遠ざけたに違いない。彼は文甲でロシア語を第二外国語として学んだので、フランス派の気障な議論は毛嫌いしていたのではないだろうか。「後記」を荒法師中山泰三に任せた理由は、そんなところにあったろう。

最終第六面末尾には、「編集後記」と題する一文が掲げられている。少し長くなるが、次に引用しておきたい。

「逢びき」といふ映画をみた人はあの中に描かれた世界が知性人の辿りつく最後の風景に外ならぬことを夫々に実感したであらう。クロスワードの空白を埋めながらその黒と白との不規則な市松模様の向ふに妻の心の旅路を見つめてゐた夫の心には知るといふことの果にくる人間の一切のものから隔てられてゐるといふ孤独とそこから生れる虚しさとけん怠があつた。サルトルの「嘔吐」が生れるためには西欧の知識人の生活の上に何回かの「逢びき」の様な風景が繰返されて来なければならなかつたのである。そして孤独の極限まで行きついた自分自身をまじまじと見つめることによつて、彼は自己の存在の虚しさと共にその虚しさに支えられてゐる自分の存在を感じそして凡てのものを吐いてしまふ。そこにひろげられた吐瀉物はいはゞ彼の生活をとりまく知性のまやかしと孤独と慣《（ママ）》れ合ひ虚無を享楽してゐる自我のみじめさに外ならない。人間が生きること、愛することのために、知ること理解することはもはや何の役にもたたないといふ事実が彼の心にのしかゝり、そのときなほも生きようとする最後の意志が彼を嘔吐させる。愛することのためには心の旅路に疲れ切つた妻の手の上に自分の手をのせることだけで十分なのだらうか。彼は妻の横面を張りとばすためにその右手を使ふべきではなかつたか。

小説七篇、評論七篇、詩十数篇の数多い作品を読み返しつゝ、僕の感じたのはそなん《(ママ)》ことであつた。結局次元の低い孤独は次元の低い救ひで癒されるであらうし、高い孤独と絶望は遂に激しい嘔吐となつて新しい地平を切り拓くであらう——特に文芸作品に就いて僕の言ひたいことなのである。それは又過去の日本文学の伝統全般について言はれ得ることなのであるが。

安つぽい上りは勿論排されねばならぬ。然し二十世紀も半を過ぎんとし新しい世界が新しい歴史の担ひ手によつてたくましく繰りひろげられようとしてゐるこの動乱の中にあつてなほ且つ次元の低い知性のまやかしに沈り《(ママ)》んとする精神を僕は敢えてきう弾したいと思ふ。さう言つた意味に於いて北村君の「泥ねい」小林君の「夕焼」に比べるとき、山本君の「童貞」は構成に於いて失敗したとはいへ新しい可能性を求めて這ひづり上らうとする烈しい意慾に満ちた麗しい作品であつた《(ママ)》　唯目的意識のない実践は正しくその名に値しないことを考へて欲しい。真杉君に一言、現実の表面を撫でるだけではよしそれが善い方向を捉へたとしても高いレアリズムとして結晶しない。主題の積極性と共に対象の把捉の幅といふか、深さといふかえぐり出すといつた様な感じ——それは趙君の「病軀」にも言ひたいことである。中山君のは技巧的に（筋の上からも表現の上からも）完成された好品。唯、前述の全般的な感想は中山君の作品も例外ではないと思ふ《(ママ)》

詩の評は中山君に頼んだ。掲載出来なかつたが河合君の映画論、関山君、辻君のエッセイ等の力作があつた。山本君の歌舞伎論はわざわざお頼みしたのであるが紙面の都合上割愛した。御諒承。

試験その他でとりかゝりが遅れ、資金、用紙、印刷所等の関係で発行の延びたこと深くおわびする次第である。

国内的にも国際的にもファツシズムの巧妙な復活があるろう《（ママ）》劣で邪悪な精神と反文明的な暴力が再び組織化されようとしてゐる。我々は一九三〇年の誤謬を二度と繰返してはならぬ。今こそ自覚せる知識人が甘い虚無と諦念の眠りから醒めてその善意と理性の一切を傾けるべき秋だ。

「我々は愚昧と痴呆は許せても悪意と非理性の精神を許せ以下一行分不明」

私の入手した「向陵時報」第百六十五号の複写では、「編集後記」の末尾が不鮮明で、読み取りが困難である。それで、文末に記されているであろう、筆者の署名も不明だ。しかし、前の第百六十四号の場合、「後記」末尾には「（杉山）」とあって、同号発行時の時報委員杉山邦衛が筆者と知れる。また、後の第百六十六号の場合、「編輯後記」末尾には「（大岡記）」とあり、同号発行時の時報委員大岡信が筆者と知れる。これらから、第百六十五号の「編集後記」の筆者は、同号発行時の時報委員日野啓三であった可能性が高い。この「編集後記」には、凡庸でない筆力が潜んでいて、日野啓三が筆者に相応しいとも思う。

日野啓三に「『逢びき』再見」（「新潮」第九十二巻第三号、平成五年三月一日付発行）と題する随想もある。イギリス映画「逢びき」“Brief Encounter”（一九四六年）について、日野啓三は次のように回想している。

敗戦後間もない旧制高校の上級生から大学生の頃、便所のにおいの漂う映画館で、何度この映画を見たことだろう。そしてとても大切なこと、苦しい真実を、身震いしながら繰り返し体の芯に叩き込んだように思う。

「とても大切なこと、苦しい真実」とは何か。「夕刊読売新聞」に連載していた「流砂の遠近法」の、平成十（一九九八）年十一月十七日付掲載の「真実の恋」と題する随想の中でも、日野啓三は映画「逢びき」に言及している。平成十年十一月十三日、日野啓三は、ビデオ・レンタル店に行き、「ふっと古い白黒映画のケースを抜き出していた。——デヴィッド・リーン監督のイギリス映画『逢びき』。」

冒頭早々、蒸気機関の急行列車が夜の駅を通過してゆく場面で体が震えるほど懐かしい。戦後すぐ、まだ焼け跡が残っていた街の、多分新宿名画座で、旧制高校から大学生の頃、私は何度となく震える思いでこの映画を見た。

二十代前後の日野啓三は、「逢びき」を観て、「だらだら平穏無事に、立派に立身出世してだけ生きたくない、もっと全身全霊が光るようなことが人生にはあるのか、とこころ震えながら、同時にそれは余りに危険で、再びこの生活、この現実に生還軟着陸はできない悲しみを噛み締めていたことを思い出す。」と回想している。日常の生活的時間の流れとは別の現実に属する「真実の恋」という「絶対の感情」「時間を超えた真実」に触れて、日野啓三はこころ「震える思い」を体験したようだ。私は「逢びき」は観ていないが、この回想を読んで、若い頃読んだジャン・アヌイ（Jean Anouilh）の戯曲『ロメオとジャネット』*Reméo et Julitse*（鬼頭哲人訳、新潮社、昭和二十九年八月十日付発行）や同じ頃観た森本喬夫の戯曲「夜の来る音」（大阪大手前会館で劇団制作座、演出慎信吾によって、昭和三十年九月三日に初演、「青銅」第十五号、昭和三十年九月二十五日付発行に掲載）などを想い出した。それらは共に、日常の現実感が消え去って輝く「真実の恋」という「絶対的な感情」を提示したもので、その「光」「輝き」に深く魂をゆさぶられ幻惑されたのであった。当時、矢代静一の書評「ジャン・アヌイ著　ロメオとジャネット　鬼頭哲人訳」（「図書新聞」第二百六十七号、昭和二十九年十月九日付発行）には、つぎのような言説がある。

　いうまでもなくシェクスピアの『ロメオとジュリエット』を現代化（モデルニゼ）したものである。物語は、同じように、相愛の男女が俗世と対立するために起る悲劇を描いたものであるが、アヌイの場合は現代の『純粋』が現実に遭遇する誇り高い孤独な運命を主題としている。

このような次元でしか理解されていない中にあって、日野啓三の理解は卓抜であった。彼は「それは時間を超えた真実であって、いつまでもこの現実の中で続くことはできず、純粋な恋の次は結婚ではなくて、死しかない」と述べている。補訂するとすれば、「死しかないこと」を「直観」したからこそ「光」「輝き」が現出したのであって、「死」のないところに「生」の「光」「輝き」は現出しない。

また、自筆「年譜」の「昭和二十三年（一九四八）」の項には、「戦後文学、ロシア文学、サルトルの「嘔吐」などを読み耽る」とある。「編集後記」が「逢びき」とサルトル（Jean Paul Sartre）『嘔吐』*La nausée*とについての言説から説き始められていること、文中の「中山君」という言辞から筆者は中山泰三ではないと判断されることなども、筆者を日野啓三と推測しうる左証となろう。

さらに、曽根博義「旧制高校における「教養」と「文学」」（「人文科学研究所共同研究A報告書」第一号、平成十九年三月二十五日付発行）によって知った『向陵時報・寮報総目録』（一高同窓会・資料委員会、平成十六年四月二十日付発行）によれば、「向陵時報」の「第百六十五号」の項の末尾にも「編輯後記・日野」とあった。

以上から、第百六十五号第六面末尾の「編集後記」の筆者は、日野啓三であったと断じていいだろう。

猶、日野啓三は、「向陵時報」第百六十五号の発行後、一学年下の大岡信を時報委員の後任に指名した。大岡信「『向陵時報』終刊号のころ」（前掲）に次のような一節がある。

　彼はポット出の少年詩人に過ぎなかった私には親しみを感じた。その点中山泰三も同じだった。日野は自分の後任にぴったりな奴が現れたと直覚し、私が食堂でさつま薯の昼飯を食っている最中に現れて肩を叩き、次期向陵時報委員になるよう私に求めたのだった。のちに日野は私について小さな文章を書いた時、私が実にうまそうにさつま薯を食っていた、と冷やかし半分に書いた。たぶんそう見えただろうと私も同感した。

昭和二十四（一九四九）年四月、日野啓三は、東京大学文学部社会科へと進学した。

付　戦後の「向陵時報」

『向陵時報・寮報総目録』（一高同窓会・資料委員会、平成十六年四月二十日付発行）及び曽根博義「旧制高校における「教養」と「文学」―第一高等学校『校友会雑誌』と『向陵時報』―」（「人文科学研究所

共同研究A報告書」第一号、平成十九年三月二十五日付発行）によれば、「向陵時報」は、大正十一（一九二二）年六月一日付で創刊号が発行され、大正十二（一九二三）年五月某日付で第八号が発行されている。その後、雑誌版「寮報」が第八号まで、新聞版「寮報」が第三十五号まで発行されている。「紙名を再び元に戻した」（曽根博義）新聞版「向陵時報」は、昭和五（一九三〇）年一月十七日付で、第一号が発行された。戦局厳しくなった昭和十九（一九四四）年五月二十一日付で、第百五十七号の「終刊特輯号」が発行されて、廃刊されている。その後「一星霜」を経て、戦いに敗れた後の昭和二十一（一九四六）年六月二十二日付で、「復活第一号」の第百五十八号（第百五十七号と誤って印刷）が発行された。以下に掲げるのは、その第百五十八号から、最終号の第百六十六号迄の、戦後発行された全「向陵時報」の詳細目録である。

まず、「編輯兼発行人」と「印刷所」との記録を紹介しておきたい。第百五十八号は、「編輯兼発行人　川口篤　東京都目黒区駒場町　第一高等学校寄宿寮」とある。第百五十九号から第百六十一号迄も同じだ。第百六十二号には「発行所　第一高等学校寄宿寮　編輯発行人　川口篤」、第百六十三号には「東京都目黒区駒場町　第一高等学校寄宿寮　編輯兼発行人　川口篤」「東京都江戸川区平井二ノ四一〇　印刷所　東光印刷株式会社」、第百六十四号には「編輯兼発行者　川口篤　東京都目黒区駒場町　第一高等学校寄宿寮」「印刷所　石川印刷有限会社」、第百六十五号には「東京都目黒区駒場町　第一高等学校寄宿寮　編輯兼発行人　川口篤」「東京都渋谷区代々木谷町一四六〇　印刷所　石川印刷有限会社」とあり、第百六十六号には「東京都目黒区駒場町　第一高等学校寄宿寮　編輯兼発行人　市原豊太」「静岡県三島市一六九八　印刷所　三島印刷所」とある。

以下、「向陵時報」の目録を掲げておこう。敗戦直後、雑誌「世代」や「現代文学」で活躍した、若き日の文学者達の諸稿が散見され、貴重である。

第百五十八号　昭和二十一年六月二日付発行

就任の言葉　天野　貞祐　1
復刊の辞　1
次号原稿募集　研修委員　1
記念祭に寄す　委員長　吉田　耕三　1
図書室より／茶菓部より　1
総代会出発の辞　議長　持田　武一　1
初の緊急総代会　1
向陵往来
◇神立農耕バイト／◇生徒課委員新設／（記念祭）行事次第／寄宿寮委員／総代会　1

「クラフト液分析用の新電導測定法」 中村重康訳 2

論説欄/同窓会より/編輯後記/〔向陵時報編輯員〕 2

第五十七回記念祭寮歌 作詞 藤井乙美、作曲 広田哲夫
作詞 宮地 裕、作曲 広田哲夫 3

中原中也の写真像 宮本 治 3

ある潟の日没 中村 稔 3

文藝欄 （A） 3

創作 「流刑になつた魂」 綱代 毅 4

今秋飾る 久々の三高戦 各部対抗 （大森記） 4

運動 4

ラグビーの征師熱戦 凱歌比叡に高し/第三高戦試合経過 送球班 4

宿敵日大に快勝す 4

運動欄 大森 誠一 4

第百五十九号 昭和二十一年十二月七日付発行

論説　全寮制復活に寄せて　（所）　1
委員制度改革について　委員長　石川　一男　1
新入生を迎へて　金本　信爾　1
立沢君の追憶　天野　貞祐　1
翡翠のカフスボタン　安倍　能成　1
謹悼原口統三君
　歌なき勝利―原口統三兄の死を悼んで　橋本　一明　1
新入生出身校調査　1
論説　唯物弁証法に就て　上田耕一郎　2
導きの星と波のたはむれ　佐藤　晁一　2
論説のあとがき　（T）　2
編輯後記　（古川記）　2
〔向陵時報編輯員〕　2
近代人―原口統三に捧ぐ―　宇田　健　3
思ひ出　中村　稔　3
文藝欄　（橋本）　3

記念祭号　原稿募集　向陵時報部　3

運動　祝三高戦大勝

闘志球場を圧し　後藤三高を完封　植松殊勲の二塁打（植松記）　4

白旗凛然西下　神楽岡の熱闘―庭球部―　4

河童報告　鎧袖一触静高を屠る　水球部　4

陸上運動部西征　四度柏葉旗翻る／東都決勝大会戦績／関東地区インターハイ予選成績／対二高戦無念の大敗／健闘空し第五位

インターハイ東部予選　4

ホッケー部復活に際して（奥山記）　4

惜くも長蛇逸す　全国大会二位　蹴球部戦記　4

運動欄編輯後記　4

第百六十号　昭和二十二年二月一日付発行　第五十八回記念祭文藝特輯号

汝は地に　中野　徹雄　1

I 「向陵時報」紙上の日野啓三

海暮れて鴨の声わづかに白し―運動部をめぐって―		
高橋　敏晴		
昭和十九年の一高	竹山　道雄	1
浦島の感想	前川　陽一	2
創作　ぼろ人形	綱代　毅	2・3
第五十八回紀念祭寮歌　作曲　白鳥正人／橋本攻、宮地裕		
故　原口　統三		3
「エチュード」より　　　　　レイモン・ラディゲ、高島厳訳		3
海の囚はれ人	橋本　一明	4
十二月に	工藤　幸雄	4
檻―	中村　稔	4
筑波郡	橋本　攻	4
冬立ち／情燃ゆ	山口　薫	4
鐘	中村　稔	5
龕燈更紗	（中村）／（大西）	5
編輯後記		
断層	大西　守彦	6

第百六十一号　昭和二十二年十一月十九日付発行　祝文化祭

再び仇敵を破る　対三高ラグビー戦 （文責坂本） 6

一高三高聯合弁論大会　弁論部 6

一高弁論班　朝日討論会優賞（ママ） （文責今橋） 6

編輯後記 （古川） 6

第百七十二号　寄宿寮委員（ママ）総代会

向陵生活と社会性について　　委員長　石田　爆 1

シベリアのことども　　　　　　　　古田　一世 1

根白高萱　　　　　　　　　　　　　橋本　攻 1

文化祭に際して　　　　　　副委員長　松本　久男 1

マックス・ウエーバーに於ける「没価値性（ヴェルトフライハイト）」に関する一考察　　今井　只彦 2

追憶は……　　　　　　　　　　　　大谷　一夫（蠟山） 2

春望　竹山道雄　3
桂冠寸前に逸す　庭球部報　3
海辺のエレーヌ　橋本一明　4
凱歌に酔ふ　端艇部記録　4
編輯後記　（堀越）　4
詩二篇　秋夜／旅の楽人　宮原透　4

第百六十二号　昭和二十三年二月一日付発行　紀念祭文藝特輯号

祝紀念祭　紀念祭に寄せて　委員長　青山春雄　1
四綱領　1
向陵生活の再建　総代会議長　桑原宗一郎　1
紀念祭に際して　校長　天野貞祐　1
自治寮について　都留晃　13
自治断想　（S）　1
紹介
嘯雲寮　（小高記）　1

詠帰寮　（大野記）　1
一高生と服装の問題　石田　爆　2
The Average Foreigner's Impression of the First High School Students　by Eric. S. Bell,　2
映画製作審議会　芸能文化会　内野和夫記　2
記念祭予定　2
論説　倫理の消極性—種の論理について　辻村　明　3
自覚といふこと　森　有正　3
第五十九回記念祭寮歌　故　河合　英正　3
第五十九回記念祭寄贈歌　故　田中　隆行　3
文藝
ゐひもせず　宇田　健　4
「レエルモントフ」訳詩稿より（其一）　岸　久　4
本のこと　4
「レエルモントフ」訳詩稿より（其二）　岸　久　4
初春の日に／考へる人　工藤　幸雄　4

I 「向陵時報」紙上の日野啓三

ネアン・デュトルの作中人物―並に批評家の責務に就て	峡 高之	54
六月	橋本 一明	5
音楽を―	増田 吉男	5
火花	今宮 太郎	5
陽子	杉山 邦衛	6
異人屋敷	橋本 攻	6
プルウスト断想	柾木 保雄	6
黄昏に……	大谷 一夫	6
一月	橋本 一明	6
かにばば	大西 守彦	7
北の海にて	宮原 透	7
ぐれんの快楽	笹野 勝	7
護国会報		
詩の春に寄す 文芸部	（橋本記）	8
プロレタリア文学研究会出発に際して	ますぎのぼる	8

河童報告　水泳部	（今井記）	8
臥薪嘗胆を誓ふ　蹴球部	（近藤）	8
悲運に決眦す　ラグビー部		8
向陵時報文芸特輯号の終に	（橋本記）	8
向陵時報原稿募集		8
向陵時報編輯部	向陵時報部	8

第百六十三号　昭和二十三年六月二十五日付発行

所感	委員長　兼子　辿	1
就任に際して	副委員長　丹野　修	1
学制改革と新入生	麻生　磯次	1
天野貞祐先生を偲ぶ	（杉山）	1

文理科対抗レース　文端制覇　2
「表現に就いて　その行方に関する一考察」—数多の向陵詩人に
寄す—　橋本　一明　3
午睡　野村　修　3
〔第百七十四期　寄宿寮委員〕　総代会副議長　3
梅　宇田　健　4
論説後記　（Ｔ）　4
不良少年　工藤　幸雄　4
原稿募集　4
編輯後記　（杉山）　4

第百六十四号　昭和二十三年八月一日付発行

勉強といふことについて　森　有正　1
創作　永劫の図　日野　啓三　1
卑法な心　杉山　邦衛　2
模倣の心理（随筆）　片山　毅　2

後記　　　　　　　　　　　　　　　　　　　　　　（杉山）　2

第百六十五号　昭和二十三年十一月三十日付発行

暁に立つて――就任に際し　　　　　　　委員長　平岡　茂樹　1
自己批判に代へて　　　　　　　　　　　副委員長　太田　赳　1
或る速度について　　　　　　　　　　　　　　　市原　豊太　1
所感　　　　　　　　　　　　　　　総代会議長　小林　善彦　1-6
論説　可能性への道　　　　　　　　　　　　　　上野　雄二　2
随筆　新旧ロシヤの想出　　　　　　　　　　　　八杉　貞利　2
論説後記　　　　　　　　　　　　　　　　　　　（S）日野　2
文藝
同志　　　　　　　　　　　　　　　　　　　　　日野　啓三　3
ひとに――　　　　　　　　　　　　　　　　　　工藤　幸雄　3
小説というもの　　　　　　　　　　　　　　　　外　信也　3
背広と二組の夫婦　　　　　　　　　　　　　　　中山　泰三　4
ある夜更の歌　　　　　　　　　　　　　　　　　大岡　信　4

I 「向陵時報」紙上の日野啓三　37

（第百七十五期　寄宿寮委員）　総代会議長

方法の誤謬　ポールヴァレリーをめぐって　村松　剛　4

マンドリン　ヴェルレエヌ原作　稲葉三千男訳詩　5

文藝欄後記　（N）　5

原稿募集　5

民主々義文学　その前進のために　安島　彬　6

運動

三高戦大勝　水泳部　（小島記）　6

再起を誓ふ　庭球部　堀内記　6

三度凱歌は柏葉の下に　ホッケー部　（服部記）　6

籠球部報告　（主将　山越孝）　6

編集後記　6

第百六十六号　昭和二十四年二月五日付発行　第六十回記念祭号

友よりの手紙—就任の辞に代へて—　委員長　本川　誠二　1

新制大学設置をめぐって　副委員長　八谷金太郎　1

記念祭の思出　麻生　磯次　1

第六十回記念祭寮歌　大友　哲臣　1

丘の最後の記念祭に　夜の歌　後藤昌次郎　1

論説　端初論と弁證法　井上　二郎　2

論説後記　（YN）　2

文藝

季節も知らず（第一部）　櫻井　修　3

オペラの創作　村山　知義　3

二相系　佐沼　兵助　3

（第百七十六期　寄宿寮委員）　総代会議長　3

季節も知らず―第二部―　櫻井　修　4

失楽　上大津新治　4

モリエール原作「孤客」第一幕第二場　小曲之場　森　透訳　4

「癩家族」　中山　泰三　5

冬のすけつち　大岡　信　5

編輯後記　（大岡記）　5

Coup de Grace＝或る学生への手紙＝　白井健三郎　6

一高的精神に悩まされた旧一高生の弁　渡辺　一夫　6

エコセーズ　草間　弘夫　6

Ⅱ　「現代文学」誌上の日野啓三

1　「現代文学」創刊号まで

日野啓三や大岡信による同人雑誌の発行計画は、昭和二十四（一九四九）年の頃、官立第一高等学校の明寮三階読書室で進められたようだ。当時この部屋には、昭和二十四年に文科甲類を卒業した日野啓三と昭和二十五（一九五〇）年に文科丙類を卒業する大岡信とが同居していた。大岡信「『向陵時報』終刊号のころ」（「向陵」第四十一巻第二号、平成十一年十月三十日付発行）に、次のような言説がある。

私が時報委員になる前の前任時報委員は日野啓三だった。（略）彼は私の一級上の文甲の生徒で、明寮三階読書室に一人で住んでいた。他の部屋は六、七人ずついたのにこの部屋だけが居住者一名というのは、ここが入口階段を三階まで上がったとっかかりの、たぶん以前は荷物などの置き場だったかもしれない小部屋だったからで、私も委員に就任した時この部屋に引越した。日野は東大社会学科に入ったが、適当な下宿がなく、半年間くらい私の部屋に同居していた。私たちはここで、新たに数人の友人と共に同人雑誌を出す計画を進めていた。住むべき下宿もきわめて乏しい時代だった。彼の同居は当然学校には無届けだった。

私たちの同人雑誌計画は一年ばかりして実現した。誌名は『現代文学』で、五号まで出した。それは私が東大へ進んだあとだった。

「時報委員」というのは、日野啓三によれば「「向陵時報」編集委員兼文芸部委員」であった。「台風の眼」には、次のような言説もある。

> 文芸部委員はかつて文芸部雑誌を出すのが仕事だったのだが、経済的に独立の雑誌を出せなくて「向陵時報」新聞の一部に投稿の短篇小説を掲載する、という便宜的な事情から兼任ということになったに過ぎない。

中村稔も『向陵誌　駒場編』（一高同窓会、昭和五十八年十二月一日付発行）の「文芸部」欄で「明寮三階の読書室を文芸部の部室として、ここで」日野啓三や大岡信が「それぞれ文芸部委員として生活していたことに間違いない」と回想している。

日野啓三が第百七十五期寄宿寮委員の「時報委員」に就任したのは、昭和二十三（一九四八）年九月十日で、大岡信が第百七十六期の寄宿寮委員の「時報委員」に就任したのは、昭和二十三（一九四八）年の十二月三日であったようだ。「講談社文芸文庫」所収の日野啓三「年譜」の「一九四九（昭和二十四年）」の項に、東大に進んだ後「三鷹市大沢の父の知人宅に下宿、まだ雑木林の多かった武蔵野を歩きまわってドストエフスキーを読み耽った」とある。大岡信が「時報委員」に就任した昭和二十三（一九四九）年十二月三日から、日野啓三が父の学生時代の友人宅「三鷹市大沢一、三八七」に下宿するまでの頃、明寮三階読書室で、ふたりは「新たに数人の友人と共に同人雑誌を出す計画を進めた」というのだ。日野啓三「大岡信の思い出」（「ユリイカ」第八巻第十四号、昭和五十一年十二月一日付発行）によれば「旧制一高の寄宿寮の、文芸部委員室（向陵時報編集室）に彼と半年ほどふたりで起居した」とあるから、それは、昭和二十三年十二月から昭和二十四年五、六月頃までの事であったのだろう。日野啓三によれば、「数人の友人」とは、「一高時代の同級生」文科甲類の山本思外里《しげり》、「一年後輩」の大岡信と同じ文科丙類の丸山一郎、稲葉三千男らで、「同人雑誌」とは、彼が大学「二年になって」出した「原稿を綴じただけの回覧同人誌」「二十代」と、「三年に進んでから」出した、ガリ版刷りの同人誌「現代文学」とを指すようだ。日野啓三は「結局、回覧誌を五冊、ガリ版誌を五号の計十号を出したのだから、学生の同人誌としては結構続いた方だろう」という。

「二十代」は、昭和二十五（一九五〇）年六月に創刊号が発行された。「部厚い手書きの同人誌」で、巻頭「評論」欄の日野啓三「若き日のドストエフスキイ―人道主義という自己欺瞞について―」と題する「七十枚ほどの評論」の他、「詩」欄の大岡信「極み」「海について」の二篇と、「創作」欄の丸山一郎「色彩狂詩曲（四二枚）」、山本思外里「夏の人（五二枚）」、稲葉三千男「影芝居（五六枚）」の三篇とが見られる。日野啓三によれば「若き日のドストエフスキイ」は、彼の「初めて文学にかかわる文章」であったという。執筆当時「ラスコーリニコフの如く貧しかったが、赤門前の喫茶店で、同人たちと毎日ダベるのは楽しかった」と回想している。佐野洋（丸山一郎）の「靄を持った男」（「ユリイカ」第八巻第十四号、昭和五十一年十二月一日付発行）によれば「私たちは、同人雑誌を発行する前、回覧雑誌をやっていた。原稿を持ち寄り、製本した上で、回覧するという形式なのだが、その末尾十数ページは、白紙が綴じこまれ、そこに互いの批評を書くことになっていた。」という。昭和二十五（一九五〇）年八月発行の「二十代」第三号には、大岡信の「日野君に」と題する作品評がみられる。「末尾」に「綴じこまれ」た「白紙」に書かれた「批評」であろう。「日野君に」に依れば、日野啓三は、「二十代」に、「評論」と「ドラマ」と「小説」とを発表したようだ。大岡信の評言を、要約して示しておこう。

「評論」については、「足踏みを痛ましく思う」と評している。「書かなくてもよいものを書かねばならない所」に「足踏み」がある。「書くべきこと」は、「如何に賭けるか」である。「君は、賭けた人と賭けることに失望した人」とを書いている。「このような方向の評論」には、「裁断し、進んで原理を明示する」という「賭け」が必要だろう。「君の評論」は「賭けた人を描いて遂に賭けはしなかった」と指摘している。

「ドラマ」については、「日野啓三」とか「観客」とかが登場するが、その「必然性がない」と指摘している。「みどりの背が微かにふるえる」といったト書きが目につくが、「読むドラマとしても」後半は蛇足で、前半だけでいい。「このような野心は」もっと「堂々たる論拠の下に企てられるべき」だと評している。

「小説」については、（一）は「都会趣味」を以て書かれていて「饒舌」が目立つ。「僕」は（二）の後半から（三）を愛する。（三）は「私小説的」な「君の人柄が直に迫ってくる」よさがある。全体的に作品の「言葉の脆さ」が気になる。特に（一）では「贅肉が多すぎる。」「言葉の抑制による力の噴出」を心掛けて欲しい。

以上大岡信「日野君に」の作品評のうち、「評論」は、「若き日のドストエフスキイ」で、「賭けた人と賭けることに失望した人」とは、若き日のドストエフスキイのことかとも思われる。しかし、「ドラマ」と「小説」とは、標題さえも不明である。内容が明らかにされる日を待ちたい。ともあれ、これら大岡信の評言は、日野啓三に良き評言と感じられ、自省の材として活用されたと判断される。

佐野洋（丸山一郎）の「靄を持った男」（前掲）には、次のような言説がある。

その回覧雑誌は、いまも、日野啓三のところに二冊、私のもとに一冊という形で残っているが、日野は、あるとき、それを引っぱり出して読み返し、大岡とは恐るべき奴だと思ったという。

日野啓三は、戦闘的な文芸評論で文壇に登場し、やがて自ら実験的な小説を書き、つぎに、私小説的な作品によって、芥川賞を受賞した。だから、日野啓三は年令とともに変った――という評価をされているらしいが、大岡は、二十数年前に、すでに、今日の日野を予見した文章を、その『相互批評欄』に書いているのだそうだ。

「私小説的な作品こそ、日野の才能は開花するのではないか、と言った意味なんだが、とにかく、あいつの鑑賞眼は、大したものだよ」

日野は、電話で、そんなことを言った。

「二十代」の仲間は、同じ高校の文科出身者だけであった。大岡信によれば、「高校学校は違ったが東大で私たちと一緒になった」という金子鉄磨《かねまろ》を加えて、「現代文学」が発行されたのは、昭和二十六（一九五一）年三月のことであった。日野啓三「「近代文学」と私」（『「近代文学」復刻版　解説・細目・執筆者索引』日本近代文学館、昭和五十六年三月二十日付発行）には、つぎのような言説がある。「大学に進んでから一年下の大岡信や丸山一郎（佐野洋）たちとガリ版刷りの同人雑誌をつくり、私は荒さんの影響の濃い評論を書き始めた。」大岡信「大きな肯定への意志」（「朝日新聞（夕刊）」第四一八六九号、平成十四年十月十八日付発行）によれば、「現代文学」は「日野を中核に置いた」同人雑誌だったといい、日野啓三の回想によれば「大岡が詩を、丸山が小説を、私が思想的傾向の強い文芸評論を書く」とある。創刊号の「目次」を掲げると、次のようであった。

評論	第二の創世期―ニヒリズム文学の系譜	日野　啓三	1
	詩と夜の旅	大岡　信	17
	表現主義運動の問題性	金子　鉄麿	22
詩	《パブロ・ピカソに》他	エリュアール	35
	詩抄	大岡　信	38
創作	防響室	丸山　一郎	43
	病めるハイランド	山本思外里	57

創刊時の「現代文学」同人は、「イロハ順」で、大岡信、和田誠一、金子鉄麿、山本思外里、丸山一郎、日野啓三の六名であった。和田誠一は、大岡信と同期の一高文科丙類卒で東大法学部に在籍。他の五名は「東大文学部」在籍の学生であった。

日野啓三「第二の創世期」は、「十九世紀のロシア知識人たちのおかれた」現実と「民衆」の「沈黙」とから説き起こしている。「二十代」創刊号に発表の「若き日のドストエフスキイ」を継いだ稿であったのだろう。日野啓三「「近代文学」と私」（前掲）には、次のような言説がある。

> 埴谷雄高の「死霊」の連載に憑かれたように毎号楽しみに読んだ。その頃、荒さんが自宅で毎月一回、他にふたりの人と共に、ドストエフスキーの研究会をしてくれたが、ラスコーリニコフやスタヴローギンの像が、「死霊」の三輪与志や黒川建吉と重なり、当時下宿していた武蔵野の奥の夜道を歩きながら、自分もそれらの人物たちと同族のような興奮を覚えたものだった。

日野啓三「台風の眼」での回想に「ドストエフスキーから、アルツイバーシェフら世紀末の虚無主義作家、革命直後の同伴者文学に至るロシアの雑階級知識人たち（つまり新しい都市中間層）の文学と生き方を踏まえて、現代の自分の生き方を手探りするエッセイ的評論を書く。」とある言説は、この「第二の創世紀」を指すのであろうか。創刊号の現物を手にする事が叶わなかったため、内容を確認する事ができない。

2 「現代文学」第二号

「現代文学」第二号の目次を示すと、次のようである。

評論　現代文学とは何か　日野　啓三　2〜13
詩　詩二篇　大岡　信　14〜18
戯曲　颱風の来る日（一幕）　金子　鉄麿　19〜27
特集　現代文学の問題　27〜37
　政治と文学　宗教と文学　科学と文学
　歴史と文学　生活と文学
書評　クラウス・マン『インテリは生きられない』
　犬田　れい子　38〜43
小説　邂逅　山本思外里　44〜57
　漂流　和田　誠一　58〜68
　二相系　丸山　一郎　68〜87
編集後記　（日野）　88

「現代文学」第二号は、昭和二十六（一九五一）年七月一日付で発行され、「編集発行人日野啓三」

「発行所「現代文学」編集部　東京都大田区市野倉町丸山一郎方」「印刷所　南雲堂　東京都千代田区神田猿楽町二ノ五」であった。「現代文学同人」は七名。二号から「新しく同人となった」犬田れい子は、「東大文学部」の学生であった。

　巻頭に日野啓三の評論「現代文学とは何か」が掲げられている。その文末には「(一九五一・六・一四)」とあって、二十二歳の誕生日の脱稿と知れよう。当時の彼の「現代文学」についての思考が如実に示された評論である。この「評論」が、識者の注目を受け、「新人批評家」として認められたのであった。日野啓三の「思考の出発点」となった「重要な評論」である。その要旨については、次の3で、加藤周一「新しい批評家」に紹介された、要約によって示すことにしよう。日野啓三作製の『芥川賞全集第十巻』(文藝春秋、昭和五十七年十一月二十五付発行)所掲の年譜によれば、「昭和二十六年(一九五一)二十二歳」の項に、次のような言説がある。

　ガリ版刷りの同人誌「現代文学」を出す(5号まで)。「ニヒリズム文学の系譜」「現代文学とは何か」などの評論を書く。／荒氏のすすめで「近代文学」に「野間宏論」「エレンブルグ論―ひとつの伝説について」「堀田善衛論」などを書く。／これらの評論(いずれも単行本未収録)とくに「現代文学とは何か」で、新人批評家として認められる。

昭和二十六（一九五一）年八月一日付発行の「近代文学」第六巻第五号「第五十号記念」の「戦後作家論」欄には、日野啓三「野間宏論」と丸山一郎「加藤周一論」が、「Books」欄には丸山一郎の「椎名麟三著『赤い孤独者』」が、昭和二十六（一九五一）年九月一日付発行の「近代文学」第六巻第六号の「現代外国作家論」欄には、日野啓三「イリヤ・エレンブルグ論―ひとつの伝説について―」と山本思外里「フアジェーエフ論」が、昭和二十六（一九五一）年十二月一日付発行の「近代文学」第五巻第八号には、「現代日本作家論」欄に日野啓三「堀田善衛論（颱風の眼ということ）」と「Books」欄に山本思外里「ババイエフスキイ著『金の星の騎士』岩上順一訳」などが見られ、「現代文学」同人の活躍が目に立つ。「講談社文芸文庫」所掲の「年譜」で日野啓三は、次のようにも追想している。

> 二号に掲載した「現代文学とは何か」および同じ頃雑誌「近代文学」に書いた「イリヤ・エレンブルグ論―ひとつの伝説について」は、古典的なヒューマニズムと政治的な変革運動の双方に反対しながら、現状傍観的でない人間的な場はいかにして可能か、という二者択一を超える地点を探り当てようとして、その後の思考の出発点となった重要な評論。

「反現実的現実主義」ともいうべき「立場なき立場」が、その後「〝虚点〟という言葉に結晶」したという。

なお、日野啓三の「現代文学とは何か」が発表された後、昭和二十六（一九五一）年九月一日付発行の「文学界」第五巻第九号に、小林秀雄と大岡昇平との対談「現代文学とは何か」が掲載されている。或いは「文学界」編輯者が日野啓三の論題に示唆されての企画であったかもしれない。

却説、「現代文学」第二号の「特集　現代文学の問題」欄の「政治と文学」も、末尾に「（H）」とあるから、日野啓三の手になる稿と判断される。ここでも、「現代文学とは何か」と同様に、「現代に文学の成り立つためには、政治の非人間性に抵抗するという形で自己の人間的リアリテイを文学的リアリテイにまで高めうる文学という答えをうるために、政治と文学の否定的相関という関係仕方を考えねばならない」と提言し、「現代」に「文学」を「成立」させるため、「新しい文学を新しい政治と文学の相関図式の設定によって考えねばならない」と主張している。

これら「政治と文学」の問題は、昭和二十六（一九五一）年三月一日付発行の「近代文学」第六巻第三号所掲の埴谷雄高、花田清輝、日高六郎、安部公房、堀田善衛、野間宏、平田次三郎、佐々木基一、荒正人等による「座談会　政治と文学」から示唆を得ての成稿であったのだろう。「〈座談会〉「近代文学」の功罪」（「近代文学」第十八巻第三号、昭和三十九年八月一日付発行）では「いまこの号を見ていると、これは印象があるんだ」といい、次のように発言している。

この号が印象に残っているのは、この「政治と文学」座談会でとりあげられているケストラーの「真昼の暗黒」オーウェルの「一九八四年」ゲオルギューの「二十五時」それに、ジイドの編集した「神はつまづく」この一連の書物に共通する思想は、『近代文学』をとおして教えられたものだったからだと思う。反共ではないコミュニズム批判という立場ね。フルシチョフ以前のスターリン主義批判という意義は『近代文学』に認められるのではないか。もちろんフルシチョフの批判後は、荒さんなどコミュニズムそのもの、イデオロギーそのものを越えようとしてきているけど……

また、「現代文学」第二号の「編集後記」には「(日野)」の署名があって、昭和二十五（一九五〇）年に始まった朝鮮戦争についての、次のような言説が見られる。

朝鮮に於いて、人は既に軍人であるか、避難民であるか、その二つの仕方でしか存在しえない――とある朝鮮人の新聞記者がかいていた。彼処に広漠の赤土を更に赤く染めることの崇高さについて、ぼくらは多く耳を傾けてもきたし、ジュラルミン製の人殺し道具の人間実験について、その愚劣さをぼくらは繰返し語ってもきた。しかし、そうした花やかな悲喜劇は唯、物言わず黒々と赤い赤土の涯を流浪《なが》れ続ける避難民の群という背景を前にしてはじめて成り立っていることをぼくらは忘れたくない。歴史の被害者たち——そして被害者だけが正しく歴史の背骨であったし、之からもそうであることを知っている——彼等こそ「私がいつも味方になろうと思ってきた人達」（ペスト）であり、ぼくら自身も亦被害者ではないと誰が保証しよう。

ダレス氏の摘み残したスミレが、最初に踏みにじられてから早一年目の日を間近く、毎夜慣れぬ編集の朱筆をとりながら、ぼくはそれら黒い人群の言葉なき抗議の声を、夜の彼方にそして自らの中に強く聴くように思えた。彼等無数の味方の人達のために、従って自分自身のために——このさゝやかな仕事はありえていゝし又なければならぬと、ぼくの信ずるひとつの理由でもあろうか。

とにかく、こゝに第二号を発行しえたことをひそかに喜びたいと思う。


幼少時を「朝鮮」で過ごし、敗戦後「一週間余の死物狂ひの旅の後」引揚げ船で帰国した日野啓三にとって、朝鮮戦争での「避難民」の苛酷な体験には、身につまされる想いを抱かざるをえなかったにちがいない。「〈座談会〉「近代文学」の功罪」（前掲）には、次のような日野啓三の発言がある。

> いまから考えるとうそのようだけれど、朝鮮動乱当時は政治的に興奮した一時期なんですよ。その頃一緒に同人雑誌をやった大岡信までがレジスタンス的な詩を書いたし、現在推理作家の丸

山一郎（佐野洋）も「防音室」という抵抗のための連帯感を主題にしていい小説を書いた。

「防音室」は「防響室」の誤植であろう。「現代文学」第四号巻末「〈M〉」の「編集後記」には、「丸山の「防響室」は、本誌創刊号の同名の作品を、徹底的に書き改めたものである」とある。

3 「現代文学」第三号

「現代文学」第三号の「目次」を示すと、次のようである。

評論　菱山修三論　　　　　　　　　大岡　信　37〜58
小説　サングラス　　　　　　　　　山本思外里　83〜93
　　　『対立』　　　　　　　　　　丸山一郎　63〜83
随想　如何に生くべきか　　　　　　日野啓三　58〜62
　　　桂離宮―お伽の国文化について　犬田れい子　33〜36
詩　　挽歌　　　　　　　　　　　　大岡　信　31〜32
戯曲　寒冷前線（三幕）　　　　　　かねこ・かねまろ　2〜30

編集後記　（大岡記）　94

「現代文学」第三号は、昭和二十六（一九五一）年十一月二十日付で発行されている。編集兼発行人大岡信。発行所は、第二号と同じ。印刷所　共栄社　東京都杉並区高円寺一ノ一〇。同人氏名の記載はないが、大岡信「編集後記」に「百三十部印刷、九千六百円（内五割強を同人六名で負担）」とあるから、第三号発行時の同人は寄稿者の六名であったのだろう。

却説、天野貞祐に、『如何に生くべきか』（雲井書店、昭和二十四年六月二十五日付発行）という著書がある。谷川徹三、眞下信一、新島繁との対談をも含んだ書だ。天野貞祐は、昭和二十一（一九四六）年二月九日一高校長に就任し、昭和二十三（一九四八）年二月七日に辞職。昭和二十五（一九五〇）年三月六日第二次吉田茂内閣の文部大臣に就任している。日野啓三が一高に入学した当時の一高校長で、昭和二十六（一九五一）年十一月当時、文相の職にあった。また、眞下信一は、日野啓三が一高の弁論部に入室した時、担当教官であった。この天野貞祐の書と同題の随想を書き、

> 如何に生くべきか、といった問いは既に平和な時代の遺物でなければ、現代では極く少数の恵まれた特権である。特権ある人は精々失わぬ間にそれを利用するがいゝ。

と批判している事は注目されるべきであろう。

日野啓三は、「如何に生くべきか」において、ドストエフスキイ（Фёдор Михайлович Достоевский）の「現代の特殊性の研究報告」である『作家の日記』*Дневник писателя* の矛盾と背反に注目し、「目的の絶対を説くコミュニズムと手段の純粋に固執せざるをえないヒューマニズム」という現代の背理を背理のままに生きるべきで、「如何に生くべきか」といった問いが無意味である、という意味――これが現代にも文学が成立しうる根拠だと説いた。「二十代」第三号で、大岡信に指摘された、「賭け」を実践した随想であったといえよう。

巻末の大岡信「編集後記」には、「朝鮮の風土にすでに再び冬が迫つた」という言説や「我我の文学は荒地から立上る」という言説がある。第二号の日野啓三「編集後記」を受け継いだのであろう。

更にその後、次のような言説がある。

日野の評論「現代文学とは何か?《（ママ）》」（第二号所載）が加藤周一氏によつてとりあげられ、非常な期待と激励とを受けた。（文学界十二月号）。色々の人々の注目を既に受けたものであり、加藤氏によつてこゝに大きくとりあげられることにより、彼の所論が新たに検討されるべき機会をもつたことを喜ぶものである。それにつけても、本号に日野のまとまつた評論を得ることができなかつたのを残念に思う。「近代文学」十二月号に彼の堀田善衛論が掲載される筈である。「現代文学とは何か?・《（ママ）》」で展開した論旨の一つの結晶である。ついで見られんことを。

大岡信によって紹介されているのは、昭和二十六（一九五一）年十二月一日付発行の「文学界」第五巻第十二号の「特集・一九五一年の文学活動」の「新人」欄に掲げられた、加藤周一「新しい批評家」である。「一九五一年の同人雑誌には、新しい批評家が活動した」として、「来るべき年に」活動が「期待」される批評家として、日野啓三、濱田新一、中村稔、平井啓之の四人を挙げ、日野啓三の「仕事」を第一に紹介している。少し長くなるが、「現代文学とは何か」の内容紹介も兼ねて、次に日野啓三紹介部分の言説を掲げておこう。

日野啓三は「現代文学とは何か」（「現代文学」第二号）を論じ、現代が「政治的季節」であるにも拘らずなぜ文学が必要とされるかという理由をやゝ抽象的に、しかしはつきりと説明した。彼の説明はこうである。「政治とは、目的のためにはいかなる手段も亦やむを得ず、という原理の上にのみ成り立つものである。」一方、従来のヒューマニズムは、手段に固執して目的を拒絶し、現状を容認するものである。ところが、今では、「目的のために手段をえらんでいられる余裕ある幸福な時代は終つた。」ヒューマニズムはもはや政治の「目的」に対して、「手段」をえらぶことができないから、目的と手段とを同時にえらび、目的と手段との矛盾のなかで自己を分裂させる他にない。現代文学とは、その分裂の自覚的な表現であるという。別なことばでいうと、「いづれか一方に立ち、己の立場のみを絶対とすることによつて他を否定することをしないというすぐれて主体的な決意」が現代文学の根拠だということになる。日野はそこでカミユやドストエフスキーや椎名麟三を論じたが、それぞれの論じ方には問題があるとしても、彼自身が文学をどう考えているかというあらすじははつきりと示されている。そういう考え方が実存主義的であるかどうか、そんなことはどつちでもよい。とにかくそういう考え方が強い現実感をもつて強調されていること、或は強調されざるをえないということ、しかしそういう考え方から具体的な行為の指針をひきだすのはむづかしいだろうということは、注意されてしかるべきだろう。日野はむづかしいところに乗りだしている。それは、ある意味では、現代がむづかしい時代だからである。彼が彼の考え方を具体的な場合に応じてどう展開してゆくかはみものだ。文学は時代の現実にどこかで深く触れなければならない。日野はわたくしの読んだかぎりでは必ずしも綿密な論理家ではないが、文学者としての現実感覚は具えているように思われる。

4　「現代文学」第四号

「現代文学」第四号の「目次」を示すと、次のようである。

詩　１９５１降誕祭前後　大岡　信　2～5
評論　現代の《人間の条件》　日野　啓三　41～53
創作　防響室　丸山　一郎　6～40
　　裸の年　山本思外里　91～105
　　〔戯曲〕出雲の人々　金子　鉄麿　54～90
随想　Refraction　中江　利忠　105～107
編集後記　言葉を愛する者として　（M）　108

「現代文学」第四号は、昭和二十七（一九五二）年五月一日に発行されている。編集兼発行人「現代文学」同人会。編集部は、第二号第三号の発行所と同じ。印刷所は「世田谷区北沢一ノ一、二七八八重垣書房」。同人氏名の記載はないが、新しい寄稿者として中江利忠の名が見られる。大岡信「『向陵時報』終刊号のころ」（前掲）によれば、「中江利忠も、ほとんど文学作品は書かなかったが同人に加わっていた。中江は私と同期の文乙出身で、私が時報委員の時、彼は庶務委員だった。」とある。

日野啓三の「現代の《人間の条件》」は、小林秀雄と正宗白鳥との思想と実生活論争での小林秀雄の見解を紹介する事から説き起こし、次のように述べている。

> 思想が正しく人間の思想であるためには、実生活からこそ出発せねばならぬ、そしていつかは再び実生活の上に還帰するのがよいのだ——思想自身にとっても、又実生活にとっても。

同様のことが「自己を語るべきか」「世界について記述すべきか」の問題にも妥当するとして、「まず己れをみ、己れの周囲を眺め」、「漸次視野」を「世界の涯てまで拡大」し、「彼処極北の認識」に耐え「そこ不毛の砂漠の思索」を経て、再び「自らの周囲に己れ自身」に「何物かを持ちかえらねばならない」という「信念」を述べている。この「信念」に基づき「思索の歴史」を展開。彼は彼自身の「自由・希望・幸福を推論」し「他人との愛」について論じ、「推論は再び出発点に戻」っている。「ぼくらに必要とされること」は、「ぼくらがぼくらの眼でぼくら自身の周囲をみまわ」し、「そこで明らかにみたことをぼくらの能力に応じて確実に実行にうつすこと」で「一切はそこから始る」と。十三頁に亙る力篇評論で、日野啓三の文業の核心となる基本姿勢が形成された、重要な評論であったといってよかろう。

却説、第四号には「会員募集」の、次のような広告が掲げられている。

> 「現代文学」では、このたび、雑誌の発行を確実にし、内容を充実するため、さらに多くの

方々と、歩みを共にしたいと思い、組織の拡大を計ることになりました。
　志を同じくする方々が、会員として御参加下さることを望みます。

第四号の「編集後記」末尾にも、次のような言説がある。

　ぼくらのさゝやかな試みも、第二年に入つた。
今まで、種々の都合で、発行日も不定であつたが、今後、季刊の形で年四回は必ず出したいと思つている。（次号は、七月下旬発行の予定）
そしてこの機会に、歩みを力強く確固たるものにするためにも、さらに多くの諸君の参加を望みたいと思い、会員を募つている。志を同じくする方々は御連絡のほどを。

署名は「（M）」。丸山一郎の手に成るものであろう。

5　「現代文学」第五号

「現代文学」第五号の目次を示すと、次のようである。

詩	神話は今日の中にしかない	大岡　信	2〜7
創作	ママパパ物語	稲葉三千男	8〜28
	括猿	賀外山　一	46〜67
詩	おとづれに	金　太中	29〜31
評論	「真空地帯」と反戦文学	中江　利忠	32〜39
	〝U・S・A〟について	天野　三郎	39〜45
編集後記		（金子記）	68〜69

「現代文学」第五号は、昭和二十七（一九五二）年七月一日付で発行されている。編集発行人金子鉄麿。発行所は「現代文学」編集部。住所は、第二号第三号の発行所、第四号の編集部と同じ。印刷所は第四号と同じであった。

　第四号での「会員募集」の効果があったのだろう。第五号に掲げられている「現代文学同人」は、これまでの「犬田れい子　大岡信　金子鉄麿　山本思外里　丸山一郎　日野啓三　中江利忠」の七名に、新しく「賀外山一　高橋栄　天野三郎　稲葉三千男　金太中　高橋栄雄　中山泰三」の七名が加わっている。このうち、稲葉三千男は「二十代」同人で、金太中は大岡信と同期の特設高等科文科の、中山（濱田）泰三は日野啓三と同期の文科丙類の卒業であった。

第五号には、日野啓三の稿は見られない。昭和二十七（一九五二）年に大学を卒業し読売新聞の本社外報部に勤務するようになって、身辺多忙になったためかもしれない。或いは、「台風の眼」に、「近代文学」から「原稿の注文を受け」て「イリヤ・エレンブルグ論」を寄稿した折の想い出を、「自分たちの同人誌の不鮮明なガリ版文字とちがって、自分の書くものが本ものの活字に印刷される初めての経験。」と記しているが、この辺の事情も関連しているかも知れない。前年に引き続き、日野啓三は、昭和二十七（一九五二）年には、二月一日付発行の「近代文学」第七巻第二号の「Books」欄に「ジャン・ゲノー《ママ》著　内山敏訳編『深夜の日記』」を、七月一日付発行の「近代文学」第七巻第七号の「Books」欄に「李広田作　岡崎俊夫訳『引力』」を、九月一日付発行の「近代文学」第七巻第九号の「Books」欄に「除村吉太郎編『ソヴエト文学史』Ⅰ・Ⅱ」をと書評を掲げ、十二月一日付発行の「文学界」第六巻第十二号の「新人評論特輯」欄には、文芸評論家として真のデビュー作となる「虚点という地点―荒正人論―」を発表しているから、ガリ版同人誌「現代文学」からは、心が離れつつあったのでもあろう。

「現代文学」は、「歩みを力強く確固たるものにするため」に「組織の拡大を計」ったが、結果は日野啓三などの寄稿もえられなくなって、この第五号で終刊した。日野啓三にとっては、大岡信に指摘された「賭け」を実践し、文学的力量を大きく伸展させた、貴重な同人雑誌であったといえよう。

Ⅲ　「近代文学」誌上の日野啓三
——昭和二十六年まで——

1　荒正人の講演

日野啓三「「近代文学」と私」（『「近代文学」復刻版　解説・細目・執筆者索引』日本近代文学館、昭和五十六年三月二十日付発行）に、次のような言説がある。

> 　荒正人という講師がどういう人かも全然知らないままに、学校の講堂にふらりと講演を聞きに行ったことが、私と「近代文学」との、そして文学そのものとの関係のはじまりだった。昭和二十二年、十八歳の私は旧制一高文科の二年生だったが、はっきりした将来の目標はなかった。漠然とドイツ観念論哲学の難解な翻訳などを読んではいたが、自分なりに敗戦、外地からの引き揚げなどの転変の中で感じ考え悩んできたことと、壮大な哲学体系とは結びつかなかった。そういう時期に、荒正人の講演を聞いたのである。荒さんは例の早口で、野間宏の「暗い絵」

「顔の中の赤い月」、椎名麟三「深夜の酒宴」などを例にあげながら、小さく醜い自分に固執し続けることが、新しいヒューマニズムへの道であると熱っぽく説いた。そういう逆説の発想に、私は目を洗われる思いがした。

「文学少年でなかった」日野啓三は、「荒正人という名前」も「近代文学」という「雑誌の存在」も全く知らなかった。「たまたま暇つぶしに」「偶然入ってみた」講堂で、その講演を聞いたのである。「まだ焼夷弾の突き抜けた穴がぽっかりと天井にあいて」いた。「忘れもしないが、昭和二十二年の秋」で、「『近代文学』が出てすでに一年くらい経ったあとだと思う」と回想している。当時の旧制高校は「急激な左翼的風潮の時代」で、日野啓三が在学していた第一高等学校などは、一時「全校生の三分の一が、党員か準党員に近かったことがあるくらい」だった。旧来の「ドイツ観念論的な風潮」に対し、戦後急に「唯物論的な考え方」が強まって、カント、ヘーゲルかマルクス、レーニンかという二者択一が突きつけられ、「自分自身の問題」を、どういうふうに考え取り組んでいいのか、また、「自己探究というか自己表現というか」その方法に困っていた時であった。そういう時に、荒正人の講演を聞いたのである。戦争中から敗戦にかけて目のあたりにしてきた、「現実と人間」の「醜悪な面」と「虚無感」「無常感」、そうした「ネガティヴな認識と実感に徹することによってこそ、新しいものが生まれる。ネガティヴな自己認識なしの新生はありえない」と荒正人は説き、その「主張」に日野啓三は「打たれた」のであった。「その講演を聞いたときが私にとって、真の戦後の始まりだった」と、日野啓三はいう。

2　荒正人と「近代文学」への接近

講演のあと「小規模な座談の集まり」があって、日野啓三は参加して「しきりに質問し」、荒正人が名刺をくれ「よかったら家に遊びに来給え」と言ってくれた。こうして荒正人と近づきになるとともに、「文学好きの同期生」から「「近代文学」のバックナンバーを全部」借りてきて「夜を徹して」読んだ。「怒れる夢の人―回想・荒正人―」（「新潮」第七十六巻第八号、昭和五十四年八月一日付発行）によれば、荒正人「第二の青春」（「近代文学」第一巻第二号、昭和二十一年二月二十日付発行）の次のような言説が、「乾ききった地面が水を吸いこむように心の肌に沁みこんだ」という。

> 人間はエゴイステイックだ、人間は醜く、軽蔑すべきものだ、そして人間のいとなみの一切は虚無に収斂するものだ―このことを痛切にかんじようではないか。一切はその上でだ。

「論理よりもレトリック、思想よりも表現」が、日野啓三を妖しく捉えた。「こういう文章と表現があるのだ」と、彼の「心は震えた」という。また、「近代文学」を読んで、問題のたて方に「そのどちらかこちらかではなしに、その両方をうちに包みながら、その両方をこえるような新しい立場、新しい次元がありうるのではないかと知って」驚いた。「自己探究」「自己表現」の方法として「古い意味での哲学」と「文学」との間で困っていた日野啓三にとって、「近代文学」の評論、特に荒正人の評論は、その両方を含む表現の方法として、示唆的であった。「いわゆる哲学論文のようではないし、そうかといっていわゆる小説でもない」なるほどこういう書き方もあるのだ、自己表現の新しい方法がここにある、と感じたのだ。佐々木基一「復活としての第二の青春」(『「近代文学」復刻版　解説・細目・執筆者索引』前掲)に、つぎのような言説がある。

> 荒正人の「第二の青春」以下の諸論文には、時代の大きな転換期に特有の、予言者的な、あるいは厳格な論証抜きの直観的発想が顕著である。弁証法などというまどろかしい論証を抜きにして、直観的に感知される真理――それは、極限情況における実存主義的な認識と云われるものに近い――を重視するところから、荒正人は戦後の歩みをはじめた。いま思えば、かつてクリスチャンであった荒正人は、そのとき〝キリストの復活〟を頭に思い描いていたのではないか。

日野啓三が感心し心惹かれた荒正人の「書き方」「自己表現の新しい方法」の魅力とは、佐々木基一の考えに従えば「直感的に感知される真理を重視するところ」にあったのだといえよう。日野啓三が高等学校三年の時「ゼミナールで小田切秀雄を招んだ」ことがあった。その時「小田切秀雄が口をきわめて」平野謙や荒正人を、「反革命の観念的自我肥大症だと悪口を言っていたのがとても印象に残って」いる。のちの日野啓三「虚点という地点について—荒正人論—」（「文学界」第六巻第十二号、昭和二十七年十二月一日付発行）に、「出発点に固執する人々、到達点のみを絶対とする人々双方の無理解と誤解と敵意の中」に荒正人はいた、という言説があるが、そういう「人々」の一人が小田切秀雄であったのだろう。その時日野啓三は「そうじゃない」と思いながら、反駁できなくて、小田切秀雄の「顔をにらみつけて」いた。その頃「内心クソと思いながらじっと黙っていなければいけないことが『近代文学』にははっきりと書いてあった」という。

　日野啓三「正常人荒正人」（「文藝」第十八巻第七号、昭和五十四年八月一日付発行）によれば、日野啓三は「旧制高校の終りから大学のころいっぱい、しばしば荒さんのお宅に出入りした」「高校のころは確か一時、荒さんのアシスタントのような形で、お宅への出勤時間も決まっていて、給料もちゃんともらったと記憶している」という。荒正人は「当時ラスコーリニコフのように貧しかった」日野啓三のために「文学辞典の原稿の下請けや「近代文学」社の事務手伝いなどのアルバイトを世話してくれた」のだという。ここにいう「文学辞典」とは、近代文学社編『現代日本文学辞典』（河出書房、昭和二十六年七月三十一日付発行）であろう。同書「凡例」には「編集部全体の事務推進は荒正人が担当した」とある。日野啓三「「近代文学」と私」（前掲）には、次のような言説もある。

　私が大学の一年のころ文学辞典の原稿を書いてもっていったら、「日野さん、あなたは学校で作文というものを書いたことがないんですか」と怒鳴られたことがあった。「これは文章なんてものではありません」とも言われた。作文はうまかったつもりの自信を徹底的に崩され、ひどくみじめな思いで原稿を書き直した。荒さんは師弟という上下の人間関係を徹底的に嫌い、決して「先生」とは呼ばせなかったが、あの時のみじめな思いが、私にとって唯一の文学的教育だったといえる。

「事務アルバイト」は「二年間ほど」続いたようだ。
大学に進んでから日野啓三は荒正人に、友人山本思外里と生物学者飯島衛とを含めた四人で、毎月一回ずつドストエフスキイの読書会をしてもらった。その会での荒正人の次の言葉は、よく覚えているという。「ドストエフスキーと聖書さえ十分に読みこめば、過去、現在、未来のすべてのことがわかります。」日野啓三「荒正人論」（『新選現代日本文学全集38』筑摩書房、昭和三十五年七月十五日付発行）に依れば、次のように言えるのだろう。

> 私は様々の事柄に関する彼の文章に接してきたが、その間、つねに私の心の最も深い部分に独特な手ごたえをもつて受けとめてきたのは、そこに扱われている論題や批判や意見より、むしろその奥にある荒正人という存在そのものの異様な重さであつたといえる。

荒正人の「内なる眼」は、「赤外線も紫外線も感光する」「人類の始源の暗い秘密も、人類の究極の目もくらむような相も」見る。彼の文章を読む時「一種啓示めいた手ごたえを受ける」そのものは、彼の「異様な魂の能力」であって、その「能力」を「もし一語で言い表わす」とすれば、「予言的という形容」しかなく「荒野に呼ばわる声」だと、日野啓三はいう。「目のくらむような未来のヴィジョンと希望とを」語りつづけた荒正人は、日野啓三にとって「新しいヒューマニスト」とでもいうしかない存在であったようだ。

「荒正人を偲ぶ」の特集に寄せた日野啓三の「宇宙を飛び続ける一個の星」(「週刊読書人」第一二八八号、昭和五十四年七月二日付発行)に依れば、日野啓三は、「荒さんが時代と最も激しく交った時期に親しかった」といい、「強烈な個性が時代のリアリティーと真向からぶつかって、白色の閃光を放っていた一時期である。一個の精神と現実との美しくも凄絶な、接触のドラマを、二十歳前後だった私は、目のあたりに見る思いだった」といい、その存在を「強いエネルギーをもつ一個の星」「誇り高く独自な組成の単独の慧星」に譬えている。荒正人という「特異な精神」は、いわゆる「現実」の

「こちら側」ではなく、時間を越えた「向う側」の感覚を強く持って、「人間の精神的霊的変革」のヴィジョンを抱き続けた。「一時期にせよ、時代と激しく交わった者の声は、長く人々の心に残るのだ」と、改めて思い知らされたのであった。

日野啓三が荒正人から学んだのは、様々なものの価値と意味とを、根源的にかつ主体的に問い直す、その内的必然の源泉ということになろうか。以後の日野啓三の文学的営為は、これまでの根源性主体性を、問い直し掘りさげ深め広げていくことに力が尽くされた、といってよい。

3　「野間宏論」

日野啓三「「近代文学」と私」（前掲）には、大学進学後「ガリ版刷りの同人雑誌をつくり、私は荒さんの影響の濃い評論を書き始めた」とある。また、「（昭和五十七年九月、日野啓三記）」の年譜「日野啓三」（『芥川賞全集第十巻』文藝春秋、昭和五十七年十一月二十五日付発行）の「昭和二十六年（一九五一）二十二歳」の項に、次のような言説もある。

「二十代」の仲間に神山圭介を加え、ガリ版刷りの同人誌「現代文学」を出す（5号まで）。「ニヒリズム文学の系譜」「現代文学とは何か」などの評論を書く。

> 荒氏のすすめで「近代文学」に「野間宏論」「エレンブルグ論─ひとつの伝説について」「堀田善衛論」などを書く。
> 　これらの評論（いずれも単行本未収録）とくに「現代文学とは何か」で、新人批評家として認められる。

「とくに「現代文学とは何か」で、新人批評家として認められる」とは、加藤周一「新しい批評家」（「文学界」第五巻第十二号、昭和二十六年十二月一日付発行）で、「来るべき年」に活躍が「期待」される批評家として、彼の「仕事」が第一に紹介されたことを指していよう。

日野啓三「「近代文学」と私」（前掲）には、「大学を卒業する頃になって「近代文学」に評論を掲載してもらえるようになった」とある。日野啓三の「評論」が「近代文学」に初めて「掲載」されたのは、「旧制東大」最終学年の「三年」に「進んでから」であった。昭和二十六（一九五一）年八月一日付発行の第六巻第五号「五十号記念」に「戦後作家論集」三十一篇が掲げられていて、「戦後作家論17」として日野啓三の「野間宏論」が掲載されている。先の年譜「日野啓三」（前掲）に、「野間宏論」「エレンブルグ論」「堀田善衛論」など、この年発表した評論は「いずれも単行本未収録」とあった。以下、この三つの評論を稍詳細に紹介し、日野啓三が文学活動の出発期に、様々なものの価値と意味とを、如何に根源的に問い直し如何に掘り下げ深め広げていったかを、確認しておきたい。

「野間宏論」において日野啓三は「三年前『暗い絵』をはじめて手にしたときの感動を今も忘れることができない」という。「三年前」に日野啓三は、小説集『暗い絵』（真善美社、昭和二十二年十月十日付発行）を購入して、「暗い絵」を読んだようである。そこには「醜悪な体臭にまみれた生身の自己」を「常に俺自身の底から、俺自身を破つてくゞり出ながら昇つて行く」方向に追求して定着するという、「新たなレアリテ」がみられ、日野啓三は「戦後文学の革新的な未来を約束する強力な胚種」を見た。「顔の中の赤い月」（「綜合文化」第一巻第二号、昭和二十二年八月一日付発行）では「エゴイズムの我執」を、「崩壊感覚」（「世界評論」第三巻第一号〜第三号、昭和二十三年一月一日〜三月一日付発行）では「ニヒリズムの蒙気」を、「夫々ヒューマニズムへの志向と大胆に対決」させながら、自己の作家的「出発の姿勢を明らかにした」という。「己が醜悪な素顔を恐れることなく凝視」し、その「真実」に「誠実に徹する以外に道はありえない」という「作者の決意」は、「戦後世代の強い共感を呼び起こした」。「エゴイズムをブルジョア個人主義と言い直し、ニヒリズムを末期資本主義に於ける階級的不安の反映だなどと、簡単に割りきつて憚らぬ自称ヒューマニストへの抵抗も、思えばぼくらは野間宏の作品から学び」とった、と日野啓三は述べている。正しく荒正人の「影響の濃い評論」といってよかろう。

ところが「日本の最も深い場所」（「文藝春秋」第十七巻第七号、昭和二十四年七月一日付発行）で野間宏は、「自分自身を捨て他を生かす愛」が「成立する根元」となるものは「共産党の細胞である」

といい、「細胞に於て人は個人主義に止ることは絶対に不可能である。自己意識からの脱出はこゝに於いて始《(ママ)》めて可能となる」という時、「暗い絵」で「レーニズムと皆はいうが、そのレーニズムの何処で如何にして生きるのか」と、「主体の真実を問うたその答えが之であつたの」かと思う。その「手さばき」は、「問題の抛棄であつても解決ではなく」「エゴイズムの消却」ではあっても「ヒューマニズムへの止揚」ではない、と日野啓三は批判する。「青年の環」（「近代文学」第二巻第六号、昭和二十二年六月一日付発行「華やかな色どり」から「近代文学」その他に断続連載）で「革命的労働者」を描くときの「甘さ」、「脱落者」を書くときの「意地悪い」「視線」。「安易な社会へのよりかゝり」。「暗い絵」「顔の中の赤い月」で提出した問題を「正しく解決して歩み出す」ためには、「更にきびしい人間凝視と現実対決」の「道」を歩むべきではないか、と問い糾す。日野啓三の「近代文学」誌上での初めての評論の要旨である。

　却説、日野啓三が「野間宏論」を書いた年齢と同年齢の頃、私も初めての評論「「暗い絵」論」（「青銅」第十五号、昭和三十年九月二十五日付発行）を発表したことがあった。その末尾に、「暗い絵」の「青年インテリゲンツイア群像」について「おそろしく畸形化した自我、我執を断ち切りえぬ青年群像から、いらだつような感情を味わわされた」としながら、「不当に歪曲された」「自我の我執」が「苦悩にみちたもの」であるにせよ「そこにぼく達世代が決定的に喪失しているような人生の一時期としての若さ、青春を感得することかできた」とし、次のように述べている。

〈暗い谷間〉を体験したといわれる野間達世代にとって戦争は、「城壁にかこまれた自我の城の上に襲いかかる単なる外部の事件ではなくて、外部と同時に内部を犯す事件であった」としても、意識するなんらかの形成がそこにはおこなわれていた。ぼく達世代には、戦場の異常体験はないにせよ、爆撃の猛火の中で、それを日常的現実として生きた幼年から少年の時代、戦火に焼け爛れた荒廃の現実のなかにおいて少年から青年への生理的過渡期を経験したのである。白紙、まったくのタブラ・ラサのぼく達世代の精神、肉体にとってこそ、それが無意識的であるにせよおそらく決定的に「内部を犯す事件」であったのではないかということだ。（略）ぼく達は、すくなくともぼくは野間達世代に〈暗い谷間〉——戦争の時代の人間を感じてならない。

続けて「自己の世代的主張をしようと意図するものではない」と断っているが、このたび荒正人「暗い三角形」の「ファシズムと戦争の中で思い知らされたのは何よりもまず、抹殺し清算した筈の自我がまだ執拗に生きのびていたことだつた。これは自己の再発見であつた。」という言説や日野啓三の「野間宏論」を読んで、日野啓三の世代は、野間宏の世代と「ぼく達」の世代との中間に位置すると、痛切に感じた。「野間宏論」のあと日野啓三は、野間宏の世代がもっていた「自我の我執」を断ち切って「ぼく達」の世代に近づき、「タブラ・ラサ」を索めて行くことになる。

4　「イリヤ・エレンブルグ論」

「近代文学」に二番目に掲載された日野啓三の評論は、昭和二十六（一九五一）年九月一日付発行の第六巻第六号、通巻五十一号の特集「現代外国作家論」欄のうちの一篇として掲載された「イリヤ・エレンブルグ論―ひとつの伝説について―」であった。サブタイトルの「ひとつの伝説」については「イリヤ・エレンブルグ論」の劈頭に次のような言説がある。

　ぼくも亦、嘗てこういう伝説を信じたひとりであつた――自己変革のさび《(ママ)》しい努力の堆積によつて、古い小市民インテリゲンチヤの世界から、プロレタリアートの側に移行する、という。過渡期の文学者の道は之以外にはありえないし、之以外の生き方は自己偽瞞《(ママ)》でなければ怠堕《(ママ)》である以上、凡て軽蔑せねばならぬ、と思われたのである。

　この言説――「自己変革のさび《(ママ)》しい努力の堆積」によって「小市民インテリゲンチヤの世界」から「プロレタリアートの側」に「移行」するという「文学者の道」は、先の「野間宏論」の言説――「己が醜悪な顔を恐れることなく凝視」し、その「真実」に「誠実に徹する以外に道はありえない」

という「作者の決意」が日野啓三たち「戦後世代の強い共感を呼び起こした」という言説を、想起させる。

日野敬三「「近代文学」と私」（前掲）には次のような言説がある。

その頃ソ連の同伴者作家イリヤ・エレンブルグについて書くようにと頼まれ、大森の佐野洋の家に泊りこんで苦労したことをよく覚えている。佐野洋は私たちの同人誌の小説を書き、私は知識人作家のプロレタリアートの立場への移行という問題を、エレンブルグに託して書こうとして、どうしてもうまく書けない。明け方近く、掘りごたつによりかかって少しとろとろとした半睡状態の夢うつつに、別の立場に移行などすることはないのだ、文学という「虚の立場」に徹すればいい、と思いつき、目がさめてから一気に三十枚近く書いた。

ものを書くという行為の魔性を、初めて味った体験だったが、それが「近代文学」にのった私の初めての評論であり、活字になった初めての作品だったと思う。

「知識人作家のプロレタリアートの立場への移行という問題を、エレンブルグに託して書こうとして、どうしてもうまく書けない」その折の体験については、日野啓三の小説「台風の眼」にも詳しい言説がある。「台風の眼」に依れば、「書けないと断ろうと一日に幾度も考えた」末「締切の前日、小説家志望の同人の自宅に原稿用紙とペンだけを持って逃げ出した」とある。「小説家志望の同人」とは、丸山一郎のちの作家佐野洋で、当時「大田区市野倉町」に家族と共に住んでいた。「佐野洋は私たちの同人誌の小説を書き」とある「小説」とは、「現代文学」第三号（昭和二十六年十一月二十日付発行）に掲げられた力作『対立』であろう。日野啓三は「エレンブルグについて」書こうとして「苦労した」という。「台風の眼」には、その「エレンブルグ論」の巧みな解説がある。だが、ここでは文学的出発期の日野啓三の文業を紹介することに主眼があるので、初出の「イリヤ・エレンブルグ論」の言説に即して要旨を紹介しよう。

> ぼくが長い間、エレンブルグを理解できなかつたのも、思えば当然のことなのであつた。モスクワの工業家の家に生れ、革命後二十年近い西欧の放浪生活、該博な知識と深い教養を身につけた一流のインテリゲンチャ、そして戦後はスターリン賞の受賞者――こうした経歴ははげしくぼくの興味を引いたが、ひたすら西から東へと虹の橋を追いながら、ジイドの眼でフォイヒトワンガーの後姿を眺めていたぼくの視線とは、エレンブルグの像がついに明らかな焦点を結び得なかつたのは至極当り前の話であつたのだ。ペシミストを気取つた素朴な伝説信者に、過渡期の現実を身をもつて知つていたが故に、オプティミストの仮面をまとうより仕方がなかつたこのレアリストの絶望が読みとれなかつたという事実は甚だ教訓的な喜劇であつた。

その「筋道を解こう」としたが「一向に見えて」こない。日野啓三は、疲れ絶望しきって眠り、目が覚めてはっきりとわかる。「西欧的複雑性とソヴェト的単純性——より簡単にインテリゲンチャ的とプロレタリヤ的としてもいゝ、だろう——その一方を捨てて一方に賭けろ、とは決して彼は言つてはしないように「人間性《ユマニテ》への誠実《サンセリテ》」とジイドの呼んだ前者の純粋性が、そのまま後者の単純さに通ずるとも彼は考えていない。」そう考えて、日野啓三はわかった。「何故、わからなかつたかということもわか」ったというのだ。

つまり過渡期を生きるとは「両面観察」をなしうる位置に身をおき、しかもその背理的な位置が示す過渡期の逆説を怖れることなく自らに課すること。

そのような「過渡期に於けるレアリズムの視線」を、エレンブルグ（Илья Григорьевич Эренбург）は身につけたというのだ。

彼は新しい単純性と亡びゆく複雑性のめまぐるしく錯綜する現実の渦巻きの内部に生ずる真空の空洞に視点を据えて、ひたすら過渡期の異様な「両面」を凝視したのであつた。

そう気付くと同時に「言葉とイメージ」が次々と自然に湧いてきた。「真空の地点――それは気圧ゼロに等しい稀薄の極限であることによつて逆に最も充実し緊張した場処である。」「颱風の眼」という言葉を新聞に見たとき日野啓三はエレンブルグを思い浮かべた。エレンブルグが「革命、ファシズム、大戦という二十世紀の歴史を渦巻いた嵐の中にあつて生きた地点」は、まさしく「颱風の眼」の連想を「不自然としない」と考え、そのような前提を、日野啓三は「フリオ・フレニトとその弟子達」“Необыкновенные приключения Хулио Хуренито”（一九二二）「トラストD・E・」“ТрестД.Е.”（一九二三）「ジャンヌ・ネイの愛」“Любовь Жанны Ней”（一九二四）「黄昏の巴里」“Москва слезам не верит”（一九三二）「第二の日」“День второй”（一九三三）「息もつかずに」“Не переводя Дыхания”（一九三五）評論集「戦争」“Война”（一九四二）長篇「嵐」“Буря”（一九四七）など、多くのエレンブルグの作品を通して論証していった。

末尾で日野啓三は、「結局ぼくの言いたかつたことは」と、次のように述べている。「居直るか、移行するか、という二者択一の形でしか問題提起をしえない人々は、未だこの過渡期の現実の怖しい素顔をかいまみ」ていない、と。イリヤ・エレンブルグという作家の中に「現代のレアリスト」を見出す日野啓三は、次のように考える。この過渡期の現実の怖ろしい素顔を明視するには、「夢の凡てを殺し去つて」自ら真空と化し、その虚無のうちにあって醒めている精神が必要である。このような精神のあり様に気付いた時の様子を、日野啓三は「台風の眼」で次のように述べている。

それから翌日の夕方までに、三十枚近い原稿を一気に書く。ものを書く、ということがどういうことか、その力に初めて触れたと思う。歴史の表面、現実の表面、意識の表面の奥にひそんでいる一種魔的な力。意識がずたずたに破綻しかけたとき、おのずから開かれる別空間。

「イリヤ・エレンブルグ論」について、「「近代文学」と私」（前掲）には、「「近代文学」にのった私の初めての評論」「活字になった初めての作品だったと思う」とあるが、これは誤りであろう。この評論が、「過渡期を生きる」ための「両面観察」をなしうる位置「真空の地点」を発見したという意味で、さらには「ものを書くという行為」の奥にひそんでいる「一種魔的な力」に「初めて触れた」という意味で、日野啓三の「その後の思考の出発点となつた重要な評論」であることには、間違いないが。

5 「堀田善衛論」

「近代文学」に三番目に掲載された日野啓三の評論は、昭和二十六年十二月一日付発行の第六巻第八号、通巻五十二号の「現代日本作家論」欄に掲げられた「堀田善衛論（颱風の眼ということ）」であった。「堀田善衛論」とあるが、八頁半に亙る論のうち、初めの五頁余には堀田善衛への言及がない。

先の「イリヤ・エレンブルグ論」で発見され、「堀田善衛論」でサブタイトルとされた「颱風の眼ということ」が、重点的に論究されている。当然のことながらそれは「現代の小説における様式の変貌の問題」に通じる。

この評論に到って、日野啓三の思考力、展開力は、格段に進化したと、強く感じさせられる。「苦労」の末「イリヤ・エレンブルグ論」を脱稿し、「ものを書くという行為」の「魔的な力」に触れた成果の現れであろう。劈頭の小学校理科の実験道具「独楽《コマ》」の話は、巧みである。環状に雑多な色を塗った「独楽」が廻り出すと、色の並びが次第に混り合い溶けあって、白くなり、無色になる。イメージの提示による巧みな導入であった。続けて、アーサー・ケストラー（Arthur Koestler）の「真昼の暗黒」"Sonnenfinsternis"（一九四一）の主人公ルバショフの「獄中でみた機関車に追いかけられる夢」が、紹介される。全速力で疾走する機関車は、色が消え、やがて形も喪い、純粋な速度だけが残る。逃げてゆく人間も、色も形も影も喪って、眼に見えぬ速度という抽象が、追いかけ追いかけられる。この異様な「狂気的疾走」（真昼の暗黒）が、「現代」なのだと日野啓三はいう。「現代を自覚した小説」は、このような「抽象それ自体」を「多様な具体」を通して定着しなければならない。「古い小説の理想」――「ありのまゝの人間を描く」とか、「性格を造型する」とか、「心理の跡を写す」とかといった風なこれまでの「小説の基準」「理想」は、「無意味な死語」にすぎなくなった。「現代」のような「物自体と現象の溶け去つた世界」では、「新たな認識の方法」と「定着の技術」が必要とされ、「作家の眼の質」と「世界に対する精神の装置」がきびしく問い直される。

そこで日野啓三は、「現代を自覚した小説」すなわち「現代小説」を、「颱風の眼という象徴」をもって「ひとつの仮設」をたてて論究する。「周囲の嵐の激しく荒れる程、内部真空は完全になり、反対に中点の真空化に比例して颱風の威力は増大するという関係にある。颱風を正確に観測するには、この眼を捉えねばならぬ」と気象学者はいう。これを踏まえて日野啓三は、自分なりの「認識論の仮設」をたてる。

第一――作家は現代の動乱の中心に視点を装置する。

第二――作家の精神は完全に死滅して、非情冷酷の真空と化する。

「現代という抽象の嵐」を見究める方法は、「このようにして初めて可能」だという「仮設」である。アンドレ・マルロオ（George André Malraux）を論じ、日野啓三は「彼の精神は死滅して冴えたそれ」ではなく、「真空化」されていなかった、という。「古い空気」「古い信仰」彼の「愛用してやまぬ用語」でいえば、「人間の尊厳《ディニテ》」dignité「同志愛《ソリダリテ》」solidarité「希望《エスポワール》」espoir といった「亡霊」が、マルロオには生き残っていた。彼の長編「天使との闘い」"La lutte avec l'ange"（一九四三）。この題名の「天使」l'ange とは、「彼の守護天使」である。「人間性という神体にまつわる数々の聖語」――その「尊厳」、その「自由」、その「希望」を、彼に囁き約束してくれた「西欧的ヒューマニズムとでも名づくべきあるもの」の謂であった。その「理想」に忠実であろうとする「古い自分自身との闘い」。しかし、「齢五十を過ぎた彼」に、この「捨身の復活」は耐えられなかった。彼の作品は、「西欧二千年の理想の燈明が吹き消される直前」の「最後」の「ひとゆらぎ」であったという。「魂の中から」古い「理想の燈明」が「完全に消えた」冷酷に冴えた「眸」にこそ「現代の嵐は隈なく写し出される」と日野啓三はいうのだ。

　さらに、ヴィルジル・ゲオルギウ（Constantin Virgil Gheorghiu）の「二十五時」“La vingt-cinquième heure”（一九四九）という「題名の着想は天才的である」と日野啓三はいう。「第二次大戦の渦中から第二次大戦そのものを主題」として生まれたこの小説は、「救われるにも、死ぬにも、生きるにも、手遅れとなった時間、それが二十五時なのであります」という一節に、題名の意味が示されている。「主格は人間から世界へと移行」し、人間の「意志」の前には「現代世界」の「宿命」だけがある。この書物は「表紙だけを出版すればよかつた」のであって、「絶望の歌によつて自らを慰める希望」も「絶望するしかない世界の不当を何物かに訴えようとする希望」も、それら「一切の希望」は「いさぎよく捨て去るべき」である、ときびしく批判する。「死滅しない眼」は「真空内部」での「明視」に耐えることはできない、と日野啓三はいう。「人間性」とは、「実体でも公理でも」なく、「自らを常に扼殺しうる能力、その死骸の中から甦える意志」「情熱」である。「問題は既に如何に生きるか、ではなく、生きるか否か、だ」と、日野啓三は主張するのである。「動乱を動乱のまゝに」生きんとする「意志」。「真空の虚無」の内部にあって、尚醒めている「明視の精神」——これが必要だと考えるのだ。

「眼の虚無」と化することによって初めて「外側の現実の風を描くことは可能だ」と日野啓三は考え、堀田善衛は逆に「外側の現実の嵐を描くこと」によって「眼の虚無」を明らかにしようとする。「同じことである」と、日野啓三はいう。共にこの「現代を颱風」とみたて、この「現代の自覚」を「颱風の眼という象徴」をもって語ることによって、「作家の精神」を「真空」または「虚無」と規定する。日野啓三は、「現代小説は之以外にはありえない」という「仮設」を提出し、堀田善衛の「広場の孤独」（「人間」第六巻第八号、昭和二十六年八月一日付発行、「中央公論文芸特集」第九号、昭和二十六年九月二十五日付発行）は、「この方法的自覚を核」として創られた「作品」である、というのだ。「歯車」（「文学51」第一巻第一号、昭和二十六年五月一日付発行）「広場の孤独」などの言説を挙げながら、日野啓三は次のように指摘する。

> 現代日本という嵐を、外側から傍観していた怠惰な精神と、嵐に捲きこまれて流され続けていた盲目の精神だけしかなかつたこの国に今、明視する精神――精神の名に値する精神が結晶しつゝあるのである。

堀田善衛は、この「貧しい国のさゝやかな具体」を通して「巨大な抽象」を見極め、「歴史の渦巻き」を、「日々の生活の底に投影してみせる」技術――「現代作家の視線を我がものにしえた」作家だという。さらに、没落オーストリー貴族ティルピッツの口をかりて語られる次の言葉を、「素通りに読みとばしてはならぬ」と日野啓三はいう。

「動乱や革命の、非人間的な結果の中に、なおかつ人間的なものをつくり上げようとする、見方によつては徒らな努力、その努力自体の中にしか現代の希望はない。」

この言葉は「生きるか否か、の極限で、生きる方に賭ける一種非人間的なまでの意志のこと」だと日野啓三はいう。「現代の希望」とは、「未来への夢の一切は消え」「可能性の凡ては死に絶えた中」にあって「歴史の颱風を凝視してたじろがぬ明視の眸」を保ち、「動乱の中心に於いて生きる情熱に衰えをみせぬ」ということであって、日野啓三「荒正人論」（前掲）の言葉に倣えば、これが「新しいヒューマニスト」日野啓三の考えの原基といえよう。またこれが、マルロオも、ゲオルギウもついに吹き消しえなかった「最後の燈明を吹き消した後の世界」、言葉の正確な用法に於ける「二十五時の世界」の率直な自覚である、というのだ。

「野間宏論」に始まり「イリヤ・エレンブルグ論」を経て「堀田善衛論」に到る、日野啓三の評論に一貫している主題はといえば、「政治と文学」ということになろう。だが、稿が改められ進められるごとに、問い直され掘り下げ深められ広げられて、ついに「物自体と現象の境界の溶け去った世界」「抽象それ自体」と、その「世界」「抽象」を「認識する方法」「定着する技術」との問題になって、もはや「政治と文学」という次元を超越している気配を帯びている。「過渡期」「後進国」「知識人」というきびしい条件の裡にあって、日野啓三は、「暗い後進国」日本の「社会的、心理的現実」を離れてはいけない、変革は「足許から」「内側から」「自分の内部から」行わなければならない、と考えていた。そこで日野啓三は、「過渡期」「後進国」「知識人」という条件の「矛盾」に耐え、その「矛盾」を逆に「生きる」という「覚悟」をする「覚悟」が、「非在」を「存在」に化す「創造」の「契機」となると、考えるのだ。このような「立場」が、翌昭和二十七年に、「虚点」という言葉に結晶するのである。

Ⅳ　日野啓三・昭和二十七年の文業

はじめに

「（昭和五十七年九月、日野啓三記）」と末尾に記された年譜「日野啓三」（『芥川賞全集第十巻』文藝春秋、昭和五十七年十一月二十五日付発行）の「昭和二十七年（一九五二）二十三歳」の項には、次のような言説がある。

> 東京大学卒業、読売新聞社入社。地方支局に行って「新聞原稿を書きまくると文章が荒れる」と堀田善衛氏から忠告され、外電の翻訳が主な外報部に、外国語能力は最低なのに無理に入れてもらう。この頃から主に「近代文学」に評論、書評を次々と書く。

『東京大学文学部社会学科沿革七十五年概観』（東京大学文学部社会学研究室開室五十周年記念事業実行

委員会、昭和二十九年八月二十日付発行）所掲の「社会学卒業論文題目」の「昭和二十七年三月卒」の項によれば「日野啓三　戦後世代《アプレ・ゲール》の研究」とある。また、「流動」六月臨時増刊号（昭和五十四年六月二十五日付発行）所掲のアンケート「私の卒業論文」の「日野啓三」の項によれば、題目は「戦後世代の社会学的考察」とある。この題目は、状況から判断して前者が正しいのであろう。日野啓三「私の卒業論文」には、次のような言説がある。

> 三年のころ、新進批評家ということで「近代文学」に書いたりしていた。卒論は十二月の末に二週間ほどで二百枚以上書いた。わが生涯で最高の執筆速度と記憶する。自殺した光クラブの学生社長、金閣寺放火事件、愛人の堕胎手術に失敗して殺した九州大学の大学生などのことを書いたと思っているが、確かではない。ただ私も卒論で取り上げた〝戦後世代のヒーロー〟たちを、その後、三島由紀夫が次々と小説にしているのを知って、三島氏に強く親近感を覚えたことはよく覚えている。いまも社会学研究室に残っているかどうか知らないが、二度と読み直してみたいとは全く思わない。まあよく卒業できたと感謝している。卒論の口頭試験の時は、すでに就職の決まっていた新聞社の初任給のことなどを、教授たちと話し合った。

昭和二十六（一九五一）年の「三年のころ、新進批評家ということで「近代文学」に書いたりしていた」ために、「卒論は十二月の末に二週間ほどで二百枚以上書」くという仕儀になったのだろう。卒業論文執筆に際し、日野啓三は、思想の科学研究会編『『戦後派《アプレゲール》』の研究』（養徳社、昭和二十六年六月二十日付発行）を参考にしたのであろう。同書の「戦後犯罪」の章には「金閣寺全焼す」、「斜陽族・自殺・心中」の章には「学生社長（光クラブ）自殺す」についての新聞や週刊紙の記事が各々数篇掲載されている。各章ごとに思想の科学研究会（宮城音弥、南博、関根弘、松本正夫、鶴見和子、鶴見俊輔）のシンポジウム「評釈（Comment）」も掲げられていて、巻末には「戦後年表」「グロッサー（戦後用語索引）」も付されている。ともあれ、この卒業論文は、先の日野啓三「私の卒業論文」の言説から、現時点では公表されていないと判断される。

　管見に入った限りでは、昭和二十七（一九五二）年に日野啓三は、三篇の書評と二篇の評論とを発表している。それらの昭和二十七年に発表された文章の言説は、昭和二十六（一九五一）年に発表された文章の言説より洗練されて精度を高め、言葉はより的確に、修辞はより精密に、論理の展開はより巧みになってきて、「文芸評論家」としての風格さえ漂わせ始めているようだ。この年「文学界」十二月号の「新人評論特輯」で、五名の新人評論家の中にその名を連ねたのも、当然であったと思われる。以下昭和二十七年に発表の文業の概要を紹介し、日野啓三の文業の進展の跡を確認したい。

1　ジャン・ゲーノ著『深夜の日記』

書評の第一は、「ジャン・ゲノー《（ママ）》著　内山敏訳編『深夜の日記』」である。昭和二十七（一九五二）年二月一日付発行の「近代文学」第七巻第二号「Books」欄に掲載された。三段組三頁に亘っている。この書を日野啓三は、ジャン・ゲーノ著内山敏訳『深夜の日記』（三一書房、昭和二十六年十一月十日付発行）で読んだようだ。著者名を日野啓三は、「ジャン・ゲノー」としているが、Jean Guéhennoであって、訳書にあるように「ジャン・ゲーノ」とするがよいと思う。採り上げられた書の原題名は、“Journal des années noires”。書名の「深夜」noiresとは、フランスがドイツ軍に占領された四年間の、フランスの「街の上」、フランス人の「心の中」に作られた「夜」のことだと、アルベール・カミュの手紙の一節を引きながら、日野啓三は説明する。それは「外なる時代の暗黒の記録」としてのみ受け取ってはならない。「その記述はラジオと新聞をとおしてみた平凡な一市民の偶然的な見聞」以上を出ないし「反ファシズム」の「アジプロ作品」としては「極めて内容貧しい作品」だといえる。「しかし」と、日野啓三は強調していう。この書物を「流行の抵抗《レジスタンス》伝説の先入観」にとらわれず、「大戦中のパリー」という「時代」「場処」で生きた一人の人間の「内なる誠実な魂の記録」として読むならば、「英雄的」でも「戦闘的」でもない「その表面的な貧しさ」が、「貧しさ故に却つて人間的なもの」として、「深い共感」を与える、と説くのだ。

「英雄か、賢者か？　典型的な人間はそのどちらか？」とジャン・ゲーノは自らに問うて「どちらでもあるのだ。どちらと決めるのが間違っている」と答える。このゲーノの言説を引用して、日野啓三はいう。「人間的であるとはそうした自己に強く誠実であること」だと。日野啓三が「野間宏論」（「近代文学」第六巻第五号、昭和二十六年八月一日付発行）で主張した「主体の真実」ということである。変革は「足許から」「内側から」「自分の内部から」行わなければならない。「過渡期」「後進国」「知識人」という条件の「矛盾」に耐え、その「矛盾」を逆に「生きる」という「覚悟」をした、日野啓三の「覚悟」が表明されている、といってよかろう。「イリヤ・エレンブルグ論」（「近代文学」第六巻第六号、昭和二十六年九月一日付発行）の言説を援用するならば、「西欧的複雑性とソヴエト的単純性――より簡単にイテリゲンチャ的とプロレタリヤ的」、さらにジャン・ゲーノの「日記」の言説に倣えば「ソクラテスの精神とレーニンの精神」といったような、自らの中に対立する二つの極を絶えず意識すること、しかも、そのいずれにも誠実であることによって、決して一方にのみ割切ることを拒むことが大切だと考える。このような時代にあって、英雄として生きるのを拒むことは、真に英雄的な努力を必要とし、英雄以上の悲劇的な苦悩を耐えねばならない、というのだ。「イリヤ・エレンブルグ論」で発見した「真空の地点」、稀薄の極限であることによって逆に充実し緊張した場処、「颱風の眼」のような地点で、耐えて生きねばならぬというのである。

ジャン・ゲーノの本質を物語った、彼の「ふと呟くような」一句を、日野啓三は引用する。「〝私〟がたしかに私を悩ます。それはひとつの牢獄だ。私はこの〝私〟とは別な自分をもっている」。現実の恐ろしい素顔を明視するには、「夢の凡てを殺し去って」自ら真空と化した醒めた精神が必要である。「占領軍の言語を絶する野蛮と暴虐」。だが、占領軍の上官に対し不動の姿勢をとる老軍夫を眺めて、彼は「まつたくひとりぽつちで、あきらめきつて、絶望的なようにみえる」と書き留める。また、マキに加わって戦う「死を覚悟した愛する若者たち」について「自由のために死ぬ覚悟がない限り、自由は存在しないことを理解した」と書いたあと「しかし彼らが後に残したもの」は「悲惨や恥辱」であって、「魂は悲しみ汚れた肉体をもともない、この肉体をも救わねばならない」と付け加える。ゲーノの「魂の内なる分裂は更にのぞみ少い暗黒であつた」と、日野啓三はいう。「外なる暗黒」は、四年をもって終わったが、「彼の内なる深夜」は明け初めはしない。彼にとってこの「深夜」は「二重の暗黒」を意味した、というのだ。

しかし、この日記を正しく理解するためには、検閲を恐れて書かれていない事実を知っておく必要があると、日野啓三はいう。彼は「国民作家評議会」のメンバーで「自由思想」の発刊にも参画し、日記の一部は「深夜叢書」の一冊になった。だが、ジード（Adré Gide）やヴァレリイ（Paul Ambroise Valéry）、モンテルラン（Henry de Montherlant）のように、ドリュ・ラ・ロシェル（Pierre Drieu la Rochell）編輯の下に御用雑誌として再刊された「NRF」には寄稿せず、公の出版は拒否し、高等師範の教師としては圧迫と危険との中で人間の自由と偉大さとを説き続けた。ゲーノの魂の中から「理想の燈明」は完全に消えていたためであろう。彼は、市民としてできるだけの抵抗を躊躇したのではなく、「彼の内部のレーニンとソクラテスの対立、或はマキの英雄達とドイツ兵の中にさえ人間をみる立場にあつての分裂」そのいずれをも「余りに強く欲する故に止むなく取らねばならなかつた姿勢」が、この日記を繙くとき「ぼくらの前に現れる彼」だという「そうした危険な形でしかこの世界の上には現象しえない彼の魂の余りにも人間的であることを欲するが故の苦悩と焦燥とそして孤独」。それが「日記」を通して流れる主調音であるというのだ。この「正しい事情を正しく理解せねばならない」と、末尾で日野啓三は次のように主張している。

　ジャン・ゲノー《（ママ）》という誠実故に不幸であった一人の人間のために、又苦しく危険な状態の中で書きつがれたこの貴重な書物のために、そして嘗ってのフランスに劣らぬ不幸な時代を生きねばならぬぼくら自身のために、更に彼が身を以つて守つた人間の凡ゆる悲惨と苦悩を容認しないという真の人間的な立場、言葉の正しい意味に於いてヒューマニズムの信念のために、である。

日野啓三は、この書を通して「こうした困難な時代に於いて、誠実とはどういうことであるかということを、又人間的であることの意味」を学んだという。前年の「野間宏論」（前掲）「イリヤ・エレンブルグ論」（前掲）「堀田善衛論」（「近代文学」第六巻第八号、昭和二十六年十二月一日付発行）で「新しいヒューマニスト」はいかに在るべきかを模索していた日野啓三にとって、ゲーノの日記は、貴重な示唆を与えてくれる書であったといえよう。「生きるか否かの極限で、生きる方に賭ける、一種非人間的なまでの意志」をもつ「新しいヒューマニスト」を、日野啓三はゲーノの中に見たのであろう。

2　李広田作『引力』

書評の第二は、「李広田作　岡崎俊夫訳『引力』」である。昭和二十七年（一九五二）年七月一日付発行の「近代文学」第七巻第七号の「Books」欄に掲載された。三段組二頁程の書評である。この書を日野啓三は、「岩波新書（青版）92」（岩波書店、昭和二十七年三月二十六日付発行）で読んだようだ。

劈頭、日野啓三は、「今まで全然」中国の小説に接していないので、「少なからぬ期待をもつてこの書を繙いた」が、読み終えて「失望の念を禁じえない」と述べている。「新しく教えられること」も「親しく共感する点」もなく、「読む前の私」と「読み終つてからの私」との間にいささかの変化もなく、「何ひとつ残つていない」という。「この作品の意義は」といえば「私と何も共通項をもたないという点にある」というのだ。

筋は極めて簡単である。日野啓三の要約を引用すると、次のようになる――「中産階級に属する一人の女教師が日本軍占領下の生活には反発しつつも、非占領地区にある夫からの誘いに応ずる決心がつかないでいるが、そのうち子供と一緒に占領区を脱出して非占領区に行つてみると（といつても殆ん《（ママ）》ど汽車旅行である）夫は一日ちがいで解放区へ去つた後であつたという話」だ。

訳者岡崎俊夫「あとがき」の「日本の統治に対する中国民衆、とくにインテリゲンチャの抵抗を描いた名作とうたわれた。」という一節を引用し、日野啓三は、「インテリゲンチャの主要な属性のひとつを批判精神」とみるならば「主人公の女教師夢華《モンホア》」の眼は「われ〳〵の考えるインテリゲンチャの眼とは無縁」であるという。さらに「思考に裏づけられた心理は凡て手終《（ママ）》の形をとつて」いて、夫と夢華とが「抵抗というものについてどう考えているか」ということは「軽く流されて」いる。「日本軍の暴虐さ」も「間接話法の説明形」になっていて「具体的な直接描写」は少ない。「作者そのひとの眼の構造」が「複眼ではなく単眼的」である、というのだ。前のジャン・ゲーノの『深夜の日記』の「眼」と比較して、日野啓三には痛切に感じられた相違点であろう。「この手放しの単眼的眼球は」と、日野啓三はいう。「中国でインテリゲンチャと自他ともにゆるしている人々」或いは「中国全体のある資質を示している」と。とにかく「インテリゲンチャという言葉」から自然に表象する「人間像或は世界像」からそれは余りにも遠い、というのだ。

「作者後記」に記されている、「自然と和解し、未来と和解する美しい魂の抒情」である「作者自作の詩」の一節を引用し、日野啓三は、この書を通して流れる「感情の波動」が、「村落共同体時代の残照であるのか」「無階級社会からの曙光であるのか」「私はしらない」といい、われわれ「自然との交感を失つて久しい人種」が理解するには「彼等は余りにも右《(ママ)》いのか、余りにも新しすぎるのか」という。結論として、日野啓三は「インテリゲンチャとか、レジスタンスとかの先入見なしに虚心に読むことが大切であるが、虚心に読んだとて余り結果は期待しない方がよい小説であろう」というのだ。「後進国」「過渡期」「知識人」といった問題に真剣に取組み、「新しいヒューマニスト」はいかに在るべきかを模索していた当時の日野啓三にとっては、当然の言説であったのだろう。

3　除村吉太郎編『ソヴェト文学史』Ⅰ・Ⅱ

書評の第三は「除村吉太郎編『ソヴェト文学史』Ⅰ・Ⅱ」である。昭和二十七（一九五二）年九月一日付発行の「近代文学」第七巻第九号の「Books」欄に掲載された。この「書」を日野啓三は、除《よけ》村吉太《むらよした》郎《ろう》編の『ソヴェト文学史Ⅰ（岩波現代叢書）』（岩波書店、昭和二十六年二月二十八日付発行）と『ソヴェト文学史Ⅱ（岩波現代叢書）』（岩波書店、昭和二十七年三月十日付発行）とで読んだようだ。書評の末尾に「（岩波新書Ⅰ二五〇円Ⅱ三〇〇円）」とあるが、「岩波新書」ではなく「岩波現代叢書」であった。なお除村吉太郎編『ソヴェト文学史Ⅲ（岩波現代叢書）』（岩波書店、昭和二十七年十一月十五日付発行）は、日野啓三の書評執筆時に未刊であった。しかし、ⅠⅡの巻末に「Ⅲの内容」が紹介されているので、ⅠⅡⅢの全容は知ることができたようだ。三段組で四頁に亘り、この年の三篇の書評のうちでもっとも長い。高等学校時代に第二外国語がロシヤ語で、一時期日本共産党員になった経験をもつ日野啓三にとって、この書は格別に興味深いものであったのだろう。

劈頭日野啓三は、「公式的といつて軽蔑し、独断だといつて眉をひそめる。しかし正しく公式的に割りきられた公式の、確信をもつて独断された独断の美しさというものが確かにありうるのだ。」といい、「開巻数頁を「また例の！」の舌打ちしながら開くであろうきみも、読み終えて最後の頁を伏せるときには、心中すがすがしい一陣の涼風の吹きぬける想いを感ずるに相違ない。」と述べている。読者にこの書を薦める、巧みな導入といってよい。

次いで、テーヌ（Hippolyte-Adolphe Taino）の文学史の方法の論を援用しながら、批評家にとっての誘惑的な夢である「真実の文学史の記述という事業」について論じる。「真実とは客観的なるものの謂い」であり、「《客観的真実》という悪魔の祭壇の前」で壮麗な夢を追うという、己が信仰心の崇高さに感動していた。だが、「夢は畢竟夢にすぎず、信仰はついに信仰でしか」ない。もしかすると「《客観的真実》などというもの」は、「あるのかないのか」判定しがたく、「なくとも一向に困らないもの」だと、日野啓三はいう。問題は、「よく《客観的真実》の尻尾を摑え得ているか否か」よりも、むしろ「対象を組伏せる精神の姿態そのものの真実さ」にある。「美しい独断」という言説が使用される所以で、日野啓三らしさの強く感じられる論法といってよい。

かくして、「この書物の独断」が、「目次」に依りながら紹介されるのだ。このⅠⅡⅢの書は全七篇から構成されている。『ソヴェト文学史』という題名から、当然期待されるソヴェト文学の歴史的記述は、全七篇のうち第四篇一篇だけで、全体の七分の一にすぎない。これは「客観的ではない」というかもしれないが、編者の言葉に依れば、「ソヴェト文学発達の道」についての従来の日本での紹介の「共通の欠点」である「十九世紀の批判的レアリズムからバトンをうけついで社会主義レアリズムの創作方法を創始したゴーリキーを祖とする人民の文学の大道を展望するという見地」を堂々と提出することに主眼がおかれているためだという。

本論最初の第一篇は、「大道」の「祖」ゴーリキー（Максим Горький）一人のために捧げられている。「散文のゴーリキー」に第二篇を、「詩のマヤコーフスキー」に第五篇をと、「巨星の前には、他の諸星は残りの七分の一の空間に迫いこめられ、更に雑階級的或はブルジョア色がかつた他の星屑は全くその色を失うに至」っている。この編成を日野啓三は、「大層自然な道理だ」という。「革命前の文学史」から「ロシヤ象徴派の活動は除外」され、アルツイパーシェフ（Михаил Петрович Арцыбашев）は名前さえ触れられず、クープリン（Александр Иванович Куприн）、アンドレーエフ（Леонид Николаевич Андреев）は「戯画的に卑小化」され、革命後の諸作品は「軽く無視」され、「夫々の偏向理論」が入り乱れて争った「苦難の論争時代」は「冷やかに黙殺」されている。「見事にも統一された編集方針の貫徹」だという。

その編集方針の「根底」には「もし私の生きているのが唯自分自身のためだけであるならば、私は何のためにあるのか」という「ロシアの古い諺の論理」がおかれている。その論理は、当然「自分の力」を「高貴の目的」のために、「人民への奉仕のために捧げる」のが「ヒューマニズム」であるという「断定」に繋がる。「ヒューマニズム」と「反動勢力の壊滅」とのために「世界文学の前衛部隊」という使命感に燃えていない文学は、「ソヴェト文学史」の一頁を与えられる資格がない。「人民への奉仕」以外に「私は何のためにあるか」。この論理に対して日野啓三は、次の二つのことに考え及ぶ。第一に、この美しい独断はどこから来たか。第二に、いかにしてわれわれも美しい書物を書き得るか。この問題について、日野啓三は次のように答える。

第一の「この書の独断の美しさ」は、「ソヴェト自体の社会主義的発展の力と成果の美しさ」とである。「革命を成就し、五カ年計画を戦い、独ソ戦争を勝ちぬいて今日のソヴェトを築きあげた彼等ソヴェト人たちの創造する情熱と精神の美しさ」であるというのだ。

第二の「われ〳〵自身の問題」は、「当然」第一の問題とつながってくる。「今日のソヴェト」は、「ロシアの人々がデカプリストの乱以来自分と他人の血を流し、自分と同胞の命を懸《(ママ)》けて創りあげたもの」である。また「今日のソヴェト文学」は、「プーシキン以来幾多の天才たちが己がこの世の平和と命数を賭けて創りあげたものだ」という。「社会主義」は「ソヴェト人にとつて過去の創造の結果としての現在」だが、「われわれにとつてはそれは現在の創造の結果としての未来」に属する。「自らの現在を創造するためには、過去を破壊し、他人の創造を否定するという反語的覚悟をせめて一度は己が精神に課してみることが或は必要なのかもしれぬ」という。「創造する精神の姿態のみが美しく、そして「創造とはあくまで創造であつて模倣ではない」と、日野啓三は「自身にひそかに言いきかす」のである。

4 「現代の《人間の条件》」

評論の第一は、「現代の《人間の条件》」である。昭和二十七（一九五二）年五月一日付発行の「現代文学」第四号に掲載された。この評論については、本書のⅡ章「「現代文学」誌上の日野啓三」で紹介している。ここでは、その要点だけを示しておこう。

この評論で日野啓三は、「ぼくらに必要とされること」は、「ぼくらがぼくらの眼でぼくら自身の周囲をみまわ」し、「そこで明らかにみたことをぼくらの能力に応じて確実に実行にうつすこと」であって「一切はそこから始る《（ママ）》」と主張している。日野啓三の文業の核心となる基本姿勢が形成された、重要な評論であった。その後の彼の文業は、この方向を実践していくことによって、その感覚に磨きがかけられ、輝きを増していったように思われる。この評論の後に発表された書評「李広田作『引力』」や「除村吉太郎編『ソヴェト文学史』Ⅰ・Ⅱ」などは、この評論で示された基本姿勢の実践的成果であった。

特に、日野啓三は、『ソヴェト文学史』を読んで、ソヴェトの「ヒューマニズム」を踏まえた「創造する精神」に、強く心を惹かれた。この「世界」において重要なのは、「客観的真実」や「模倣」などではなく、「他人の創造を否定」するという「反語的な覚悟」をもって「自らの現在を創造する」という、「創造する精神」で、その「創造する精神の姿態のみ美しい」と自覚するのだ。日野啓三を「日本」の「新しいヒューマニズム」の「創造」の模索へと導くのは、この自覚であった。

5　「虚点という地点について」

評論の第二は、昭和二十七（一九五二）年十二月一日付発行の「文学界」第六巻第十二号の「新人評論特輯」欄に掲載された「虚点という地点について―荒正人論―」である。特輯欄の「目次」を掲げると、次のようだ。

新人評論特輯

近代文学の骨格　進藤　純孝　（6）

宗教と文学　佐古純一郎　（14）

記録と仮構との間　服部　達（20）
平衡操作による文学　奥野健男（28）
虚点という地点について　日野啓三（37）

当時新しく活躍し始めていた評論家たちが名を連ねている。生年年齢順では、佐古純一郎大正八（一九一九）年三十三歳、進藤純孝、服部達大正十一（一九二二）年三十歳、奥野健男大正十五（一九二六）年二十六歳、日野啓三昭和四（一九二九）年二十三歳で、日野啓三が最年少であった。

日野啓三の最初の著書は『ベトナム報道　特派員の証言』（現代ジャーナリズム出版会、昭和四十一年十一月十五日付発行）である。そのあと相次いで「評論三部作」が上梓された。三部作のうち『存在の芸術―廃墟を越えるもの』（南北社、昭和四十二年十一月二十日付発行）では「芸術論の原理的試論」を、『幻視の文学―現実を越えるもの』（三一書房、昭和四十三年十二月二十日付発行）では「純粋に文学的な作品論・作家論」を中心にまとめたのに対し、『虚点の思想―動乱を越えるもの』（永田書房、昭和四十三年十二月二十五日付発行）では、「広義の思想的エッセイ」を集めたという。「文学界」に掲載されたこの評論は、『虚点の思想―動乱を越えるもの』の「第二部　虚点の黙示録」の巻頭に、「荒正人論―虚点という地点」と改題しその「I」として収載された。これまで日野啓三が公表してきた文業のうちで、著書に収載された最初の評論であった。

本書の第Ⅱ章「「現代文学」誌上の日野啓三」や第Ⅲ章の「「近代文学」誌上の日野啓三―昭和二十六年まで―」などで紹介してきた評論での論点が、「文学界」という晴れ舞台を得て、改めて問い直され深め広げられ、もう一度掘り下げられた力篇で、自他ともに評論家日野啓三の出世作と認められている評論といってよい。

日野啓三は「現代文学とは何か」（「現代文学」第二号、昭和二十六年七月一日付発行）で、「目的のために手段をえらんでいられる余裕ある幸福な時代は終つた」といい、「いづれか一方に立ち、己の立場のみを絶対とすることによつて他を否定することをしないというすぐれて主体的な決意」が「現代文学の根拠だ」と説いた。また、「如何に生くべきか」（「現代文学」第三号、昭和二十六年十一月二十日付発行）では、「目的の絶対を説くコミュニズムと手段の純粋に固執せざるをえないヒューマニズム」という現代の背理を背理のままに生きるべきで「如何に生くべきか」といった問いが無意味である、という意味、これが現代にも文学が成立しうる根拠だと説いた。それら言説の延長上から、「虚点という地点について―荒正人論―」の言説は始まる。

「一般に精神の義務」は、「出発点と到達点」の二点を、直線をもって直結することにあると信じ、すべての文学者は、ひたすら到達点を指示することによって、「いかに生くべきか」の問いに明瞭な結論を与えるよう努力すべきである、それが「時代に対する精神の誠実の証し《(ママ)》」である、と日野啓三は考えていた。そのような彼の眼には、「近代的自我の確立」を説きながら同時に「エゴイズムからの脱出、ヒューマニズムへの変貌」を主張する荒正人の「精神の所在」、また、目的のためには手段をえらばぬ「政治至上主義」を鋭く批判しながら、手段の純粋に固執して変革を否定する「非政治主義的文学精神」をも批判する荒正人の「不可解な姿勢」は、精神の不誠実の證拠とさえ感じられていた、という。

しかし、荒正人は、じつは「時代の現実を誰よりも痛切に知っていた異常に誠実なレアリスト」であった。人間にとって大切なのは、「到達点」ではなく、「出発点」から「そこに至る過程そのもの」であろう、と日野啓三はいうのだ。「出発点」と「到達点」との「中間をなす地点」を、彼は「虚構的 imaginary な地点」と名づけ、「自らをその地点に位置づける精神の異常な緊張自体」が大切だというのである。これは「除村吉太郎編『ソヴェト文学史』Ⅰ・Ⅱ」の書評で、「創造」する「過程」の「精神の姿態」の「美しさ」に惹かれた、その延長上の言説といえるだろう。また恐らく、創造する精神の緊張自体を重視し、作品をその残滓とした、小林秀雄の言説に学んだものでもあろう。日野啓三は、実数 real quantity とともに虚数 imaginary quantity の存在を認める数学の公理を踏まえて、「出発点」「到達点」を「実点 real point」とすれば、その二つの地点の中間の「第三の地点」は、「虚点 imaginary point」と呼ぶことが許されるだろうという。後に彼は、「いわば反現実的現実主義ともいうべきそんな背理的な、立場なき立場」が「〝虚点〟という言葉に結晶した。苦しまぎれの私の造語である。」と述べている。

日野啓三によれば、荒正人は、「エゴイズムとヒューマニズム」「実存的関心と社会的関心」「夜の意識と昼の意識」「文学と政治」といったような、ふたつの極の中間に、緊張した状態で双方からひかれているという。「ヒューマニズム、社会的関心、連帯の意識」が「到達点」ならば、「エゴイズム、実存的関心、孤独の意識」をも「出発点」として確認しなければならない。「到達点への飛躍」は「出発点での低迷」と同様の「逃避」である。荒正人は、「単純なエゴイスト」でもなく「素朴なヒューマニスト」でもない。「エゴイストでもありヒューマニストでも」あった。「現代」における凡ゆる価値と理想の対立において、荒正人はいずれの一方の極にも自らを割切らず、自らそのまま両極の緊張関係自体であった、というのだ。もし「現代の現実自身が対立する理想の相争う巨大な坩堝」だとすれば、彼は最も現実的な場に生きたことになり、彼の論理の矛盾はそのまま完璧なレアリズムであったことになる。日野啓三は、自分のいう「虚点」とは、それ以外の意味をもたぬという。

例として、「スラヴ派と西欧派」の対立の間に位置して、「ラスマー《(ママ)》リニコフとともソーニヤ・マルメラードワを」「キリーロフと並んでシャートフを」「イラン《(ママ)》・カラマーゾフと同時にゾシマ長老を」立派に描きえたドストエフスキーと、「虚無と無限」の間の「深淵」に臨んで「人間の悲惨と偉大」を結論し「人間の魂の偉大さはいかにして中間にとどまるかを知ることに存する」（*Pensées* 378）と書いたパスカル（Blaise Pascal）との二人を挙げる。荒正人とともに、つねにドストエフスキーやパスカルへの関心と理解とを持ち続けていた日野啓三は、十九世紀的な「西欧的ヒューマニズム」とでも名づくべき、あまりに「人間的臭気に浸し尽くされたもの」の奥に、ドストエフスキーやパスカルの暗示した根源的に新しい次元の姿と問題、来るべき世紀の予兆、絶対的に総体的なもの、「存在すること自体の秘密」に未来的な新しさを予感し、それを模索しようとするのだ。「井戸の底からは地上ではみえぬ昼間の星がみえる」というアイソッポス（Aisōpos）の比喩を引用して、日野啓三はいう。「何故彼は井戸の底に降りねばならなかったのか」「どのような事情が彼にそうした場処を必至としたのか」と。

「過渡期」の「古い夢と新しい理想の過渡的相剋」、「後進国」の「近代に追いつくことと近代を追い越すこととの目標の二重性」、「知識人」の「中間階級として自らの内部に反映される階級対立」——これらの次元を異にする現実の三つの層に共通するものは、「ひとすじの断層」であると、日野啓三はいう。そうであるなら、この断層の上に自らの生存を根拠づける覚悟をすることが、現代にレアリストたる資格である。荒正人の「希望」とは、この「稀有の時代」の「絶望を生きるという希望」であった。彼には、自ら断層の底に身を横たえて、自分自身を橋と化し、そのような自分を見詰めてたじろがぬ明哲な自意識があった、というのだ。

昭和初年代荒正人は、プロレタリア文学運動の熱心な使徒で、「民情主義《ナロードニキ》」「自己犠牲」「同志愛」の「信仰」を守って、ファシズムに抵抗した。その彼の魂を黒い錆から防いだのは、「民衆ではなく自分への愛情」「ヒューマニズムではなくエゴイズムの信念」「史的唯物論ではなく人間の発見」であって、それらが彼の良心を守り、戦争への孤独な抵抗の支柱となった「自我」を自覚させたというのだ。日野啓三の言説によれば、「彼の場合、自己自身に忠実であることが社会的に誠実であることに外ならず」「抵抗の信念を生きることはそのまま自己を裏切らぬことであつた」とあり、次のような分析を示している。

> あくまでひろく民衆の幸福を守ろうとする遠心力と、どこまでも己が孤独の意志に誠実であろうとする求心力と、この方向相反するふたつのヴェクトルが互いに他を否定しようとして引きあう緊張の合成力としての自我――純粋の矛盾がそのまま完璧の統一であるという己れの自我の逆説を彼はプロレタリア文学運動と戦争と二つの時期を誠実に生きぬく事によつて自覚したのである。

「神」に対する「虚心の帰依」を失った現代において、「真実」とは、「人々」に対する「虚心の帰依」と「自分自身」に対する「虚心の帰依」とのふたつしかなく、唯ひとつの「誠実さ」とは、その両者にとも「誠実」である以外はない。日野啓三の言い方でいえば「ふたつの実点の間の虚点」で自らがあるとき、その時だけが「誠実」といいうる「精神の状態」であり、その「状態」は「相対立する契機を内に含めて緊張する」状態であって、これが、荒正人が「戦争の中で自覚した彼自身」だというのである。荒正人の「批評文学」は、その「自我」の矛盾を確認する操作から始まった。日野啓三によれば、「人生いかに生くべきか」の探究こそ、「批評の課題である」とする荒正人の「批評作品」を批評するには、彼の生の必然的な帰結点であることで彼の文学の当然の始発点であった「虚点」の解明こそが大切だというのである。

「虚点」とは、実際には存在しないがありうる点だとすれば、「非在」が「存在」に化す秘密は何かといえば、「創造」である、と日野啓三はいう。「創造的精神」とは、分裂を強いる現実に唯誠実に対決して生きることによって、己が自我の分裂と矛盾を逆に創造の契機たらしめるという逆説的覚悟の事で、「創造的自我」とは「虚点と化した自我の謂」だというのだ。日野啓三は、荒正人の「批評作品」から、「過渡期」「後進国」「知識人」という悲劇的な矛盾も、自らその矛盾と化する覚悟があれば逆に創造の契機となしうるという、日本での「現代における創造」の「仕方」を学んだようである。

むすびに

「文学界」昭和二十七年十二月号の「新人評論特輯」に、「虚点という地点について」を掲載したことは、日野啓三を次の飛躍へと導くことになった。『芥川賞全集第十巻』所掲の年譜「日野啓三」（前掲）には、次のような言説がある。

昭和二十八年（一九五三）二十四歳

「文学界」編集部が呼びかけた、新人作家・批評家の「一二会」という集まりに、奥野健男、服部達、進藤純孝らとともに招かれる。安岡章太郎、吉行淳之介、小島信夫ら〝第三の新人〟作家たちとも知り合ったが、若過ぎて気おくれし、深くは付き合わなかった。

昭和二十九年（一九五四）二十五歳

奥野健男と語らい、立場を越えた新しい評論同人誌を計画、服部達、村松剛、吉本隆明、佐古純一郎らの若い評論家のほか、島尾敏雄、遠藤周作、山口瞳、清岡卓行らにも呼びかけて「現代評論」を出した（ただし2号で終わり）。

昭和二十年代終わりの頃日野啓三は、「初期の〝政治と文学〟のテーマ」を集成していった。その後昭和三十年代に入ると、やがて「存在論と現代芸術の実験」の問題に関心を深めていくのである。『虚点の思想―動乱を越えるもの』（前掲）の「第二部」巻頭の「荒正人論―虚点という地点」に「Ⅱ」として収載された、「荒正人論」（『新選現代日本文学全集38』筑摩書房、昭和三十八年七月十五日付発行）で日野啓三は、荒正人について「彼はつねに、人間が人間であることの苦悩と誇り、絶望し希望する人間の最も根源的な力の擁護者であり鼓吹者であった」とする一方で、荒正人の「人類の精神が根本的に変わらねばならぬ」という言説に関して「どのように根本的に変わるのか」と設問。「意識の場」

を「全宇宙にまで」拡大し、「そのような場の中で新しく人間存在とその営みを捉え直すこと」が必要だと、「意識の変革」の必要性を主張している。その変革は、「西欧的ヒューマニズムとでも名づくべきもの」の根幹にある、宇宙における人間の位置に関する意識の変革に通じるだろう。たとえば「考える葦」の比喩（*Pensées 347*）に見られる宇宙と人間、客体と主体の対立という根本装置が彼の内部で崩壊し、宇宙に対する人間的優越の影が彼の眼から消えたとき、彼は万有の根源に「存在と無」を見るのである。

V　日野啓三・昭和二十九年の文業

昭和二十八（一九五三）年発行の諸誌紙の裡に、「日野啓三」の署名のある文章は発見できなかった。昭和二十九（一九五四）年になると日野啓三は、奥野健男等と同人雑誌「現代評論」を発行して活発に活動すると共に、「新日本文学」誌上に連名で「読書ノート」を連載し、「初期の〈政治と文学〉のテーマ」を集成していった。まず、昭和二十九年前半期に公表の日野啓三の書評二篇と評論二篇とを紹介したい。

1　レオニード・レオーノフ著『襲来』

昭和二十九（一九五四）年第一の業績は、二月一日付発行の「近代文学」第九巻第二号の「書評」欄に掲載された「レオニード・レオーノフ／袋一平訳『襲来』」である。この書を日野啓三は、早川書房、昭和二十八年八月三十日付発行で読んだようだ。現題名は“Нашествие”。この書評は、昭和二十七（一九五二）年二月一日付発行の「近代文学」第七巻第二号に掲載された日野啓三の書評「ジャン・ゲノー《（ママ）》著『深夜の日記』」と同年九月一日発行の「近代文学」第七巻第九号に掲載された日野啓三の書評「除村吉太郎編『ソヴェト文学史』Ⅰ・Ⅱ」での論旨を継承し発展させたものといえよう。まず、この戯曲に対するチモフェーエフ（Leonid Ivanovich Timofeev）の『ロシア・ソヴェト文学』一九四九年版での、次のような言説が掲示される。

「愛国精神はロシアのすべての人々を統一し、彼らの心の中にある一切の余事と利己心とを焼きつくし、彼らを祖国の敵に対する献身的な闘士に一変させる——そこにこの戯曲の思想がある」

そのあとに、日野啓三の次のような言説が続く。

たしかにこの作品はドイツ軍襲来の前夜、出獄して故郷の町にかえつてきた痴情による殺人事件という余り感心できない前科をもつひとりの余計者の青年が、ドイツ占領軍の司令官を射殺してその場で逮捕され、お尋ねもののパルチザン指導者の身代りになつて絞首刑にされるという英雄的な物語である。その限りにおいて、右の指摘は決して誤りではない。主人公フョードルはたしかに「献身的な闘士に一変」したことを行動によつて実証している。

書評「除村吉太郎編『ソヴェト文学史』Ⅰ・Ⅱ」でいう「革命を成就し、五カ年計画を戦い、独ソ戦争を勝ちぬいて今日のソヴェトを築きあげた彼等ソヴェト人たちの創造する情熱と精神の美しさ」の一端を示した作品、ということになるのだろう。だが、作者レオーノフ（Леонид Максимович Леонов）は、「巨星の前には」「全くその色を失うに至」っている「雑階級的或は《(ママ)》ブルジョア色がかつた」「星屑」といわれる存在である。日野啓三は、「自らの現在を創造するため」に「われ〳〵自身の問題」として、この作品を論じようとするのだ。

作品によれば「両親や妹からさえ全く愛想をつかされていた」フョードル。「典型的なソヴエト女性である妹オリガの彼に対する軽蔑」は、とりわけ極端であった。そのフョードルと彼の「英雄的行為」との間には、「ドイツ兵に輪姦された少女アニースカの無残な姿を目のあたりにみる」という「事件」がはさまっている。彼はその「事件」を転機として「忌まわしい前科者から、輝や《(ママ)》かしい闘士に生れ変つた」ことになり、レオーノフは「ここに一種奇蹟的ともいうべき信念甦生の物語」を書いたという「あとがき」どおりの筋書となる。だが、日野啓三は、「フョードルが捕つ《(ママ)》てから後の、相変らずのシニックな、時には粗暴でさえある余計者的な言動」から、チモフェーエフの理解に「疑問」を提するのだ。もしかすると、彼はドイツ軍の司令官を殺してから後も「ほとんど変つていない」で「全く以前のままの彼」ではないか、「人間がひとつの偶然の事件で決定的に変るというような」ことは、あるいは「物語の中にしかないのではないか」というのだ。

日野啓三は、フョードルが妹オリガに会う次の場面に注目する。

オリガ　（眠っている人を起すかのように）あたしがわかつて？　あたしよ。どんなことがあつたの？　あたしたちもう一年も会わなかつたような気がするわ。

フョードル　（じつと妹をみて）長い……話だつたよ。

オリガ　（兄の視線に耐えられず）さ、あつちで少し横におなんなさい。

この場面の「長い……話」とは何か、またオリガは何故兄の視線に耐えられなかったのか、と日野啓三は設問し、「フョードルの眼」は、次のように語ったというのだ。「問題は一瞬の偶然の出来事の中にあるんじゃない。長い……話なのだ」と。ここには、「英雄だけが英雄的な行為をなしうるのだという英雄の論理」に対する、あるいは「英雄に生れ変らなければ英雄的な行為をなしえないという凡人の心理」に対する、「二重の抗議」があるというのだ。「彼はドイツ軍司令官を殺すことによつて、人々の軽蔑にしか値しない余計者でさえ英雄的な行為をなしうること」「捕われた後も決して英雄を気取らないことによつて、英雄的な行為を行うためには、必ずしも英雄に生れ変る必要はないこと」を示したのだ。「おれはおれであり、おれのやつたことはおれのやつたことだ。」「おれはおれの死を死ぬ、どこにおれ以外のものでなければならぬ理由があるか。おれがおれであるために苦しんできた人知れぬ努力の「長い……話」に比べれば、一瞬の転機による信念の甦生といつた一片の物語など何程のことがあろう」――これが、フョードルの「視線」の意味であり、オリガが「兄の視線に耐えられなかつた」理由だと、日野啓三はいうのだ。日野啓三は、この当時から、作品を「言葉」の existentia そのもの自身から理解しようとし、なんらかの形で existentia に先立って essentia を考え、後者によって前者を律しようとする思惟方法に反撥する、そういう姿勢を基本的に緊持していたように思われる。

　処女作“Брыга”以来、才能という「厭うべき特権」だけを唯一の特権として、「きびしい革命と建設の中」をひたすら生きてきたレオーノフも、彼の主人公たちのように「非凡な反逆を試みることより平凡に生きることの方がいかに非凡な努力を必要としたか」と、日野啓三はいうのだ。そこには、革命と戦争という異常な現実があり、その現実は人々に長い人知れぬ魂の苦闘を要求する。「人間があり、現実があり、両者の緊張した対応関係」がある。人間の生が一度限りのもので、与えられる現実は一つしかない以上、その関係は、きびしい対決であり、いわば「真剣勝負」にもひとしい闘争である。日野啓三は、「襲来」が「献身的な闘士に一変」する物語だとは思わぬという。逆に、フョードルもレオーノフも「現実の要求を虚心に受け容れることを知っていた平凡な一人の人間にすぎない」というのだ。「英雄」「余計者」「凡人」「闘士」、これら一切の称号は、「様々な意匠」にすぎない。「意匠」の下の「裸の人間性」を忘れ「裸の現実」を見据える術を見失うと、「人間と現実と」のきびしく生き生きとした関係が消え去ってしまうというのだ。

日野啓三が強調したいのは、「英雄崇拝と凡人蔑視」という「異常な現実」の裡では、凡人もまた非凡な行為をなしうるという、「平凡な現実」である。「襲来」には、戦争と革命の時代を「よろめきつつ耐え忍びつつまつとうに生きようとした一人の人間と一人の作家の当然の記録だけ」がある、というのだ。だが、何を基準に「まつとう」というのか。「後進国」「過渡期」「知識人」の生き方の問題に真剣に取り組んでいた日野啓三は、この後「大審問官論」で、その問題について徹底した思索を展開する。

2 「大審問官論」

評論の第一は、昭和二十九（一九五四）年三月一日付発行の「近代文学」第九巻第三号の巻頭に掲げられた「大審問官論」である。八ポ二段組十一頁に及ぶ力篇であった。いうまでもなく、ドストエフスキー「カラマーゾフの兄弟」“Братья Карамазовы” の第五篇 Pro et Contra の第五「大審問官」の章を論じたものだ。この作品を日野啓三は、第何版かは不明だが、米川正夫訳の岩波文庫本で読んだのであろう。導入部で第五篇の第四「叛逆」の章で、イヴン・カラマーゾフが、弟のアリョーシャに語る、神の世界の否定、神そのものの拒否、いわば「反抗の信念」を紹介する。

「罪のない（筈の）子供に加えられる不当な暴虐といわれなき苦痛の存在」という「事実」から出発して、イヴンは「二十四歳の青年だけに許されるあの力強い単純さをもつて真直に」世界の凡ゆる調和の否認、人間の条件の不正という結論」にまで行く。イヴンは、冷たく冴えた思考を展開し根源的に考え抜くのだ。日野啓三が「大審問官論」を執筆発表したのも、二十四歳であった。日野啓三は、イヴンが自分と同年齢に設定されていることに気付き、イヴンと同様自分も「二十四歳の青年だけに許されるあの力強い単純さをもつて真直に」思考したいと考えたのであろう。イヴンはいう。「どういふ訳で子供までが苦痛をもつて調和を贖はなくてはならないのか？　そんな調和はあの臭い牢屋の中で小さな拳を固めて、われとわが胸を叩きながら『神ちやま』と祈つた哀れな女の子の、一滴の涙にすら値しない」。哲学者や神学者にとっては、「ある超越的な絶対」を前提として出発し、その前に地上の不調和をいかに合理的に正当化するかが問題であった。だが、イヴンやドストエフスキーにとっては、「人間に加えられた明らかなこの生きた不正が不動の事実」であって、その前で「何を受けいれ何を拒け《（ママ）》て生きるか、――これが問題だ」と日野啓三はいうのだ。

イヴンはいう。「僕は調和などほしくない。人類に対する愛のためにほしくない。たとえ僕の考えが間違つてゐても、贖はれざる苦悶と癒されざる不満の境にとどまるのを潔しとする。（略）僕は神様を承認しないのぢやない。たゞ〈調和〉の入場券を謹んでお返しするだけだ。」と。これに対しアリョーシャは、眼を伏せながら小さな声で「それは謀叛です」と答えた。「謀叛？　僕はお前からそんな言葉を聞きたくはなかつた」というイヴンに、日野啓三は共鳴する。一度「人類に対する愛」を受け入れ、「人間の条件の不当さ」を認めた以上、謀叛は始められ、問題は「〈調和〉を讃えて人間を裏切るか、〈調和〉を拒否して謀叛に参ずるか」――これがイヴンのつきつける二者択一であると、日野啓三はいうのだ。イヴンが選択を迫っているのは、信念の問題であり生きる覚悟の問題である以上、天と地とのいずれか一方を取るしか許されていない。天を拒んでこの人間の条件は不正であると認めた以上、新たな条件を人間の手でこの地上につくりあげるのでなければ、地を選んだとはいい難い。その事業が完成された暁には、地上から一切の不正は消えるであろう。しかしそれまでは地上に不正が残る。この間違ってつくられた世界は、その故にこそ拒否されねばならない、というのだ。

　イヴンは、「叛逆」の次の「大審問官」の章で、自作の劇詩「大審問官」をアリョーシャに語り、反抗の信念の歴史的帰結を示す。日野啓三は、アルベール・カミュ（Albert Camus）の“La révolte métaphysique”の言葉を借り、「叛逆」の章は「形而上的反抗」を取り扱い、「大審問官」の部分は「歴史的反抗」に相当し、劇詩「大審問官」は「叛逆」の章の当然の帰結であるという意味で、「形而上的反抗」は「歴史的反抗」の序章であった、という。「叛逆」の章でイヴンが明らかにしたのは彼の「反抗に関する信念」であったと日野啓三はいい「この世界には正しい信念がありまた正しい行為がある」「問題は正しい信念がこの歴史的現実で実行にうつされた場合、必ずしも正しい行為で結果しないことがある。一見不正な行為が正しい信念の正当な帰結でさえありうる。」という。大審問官は「形而上的反抗の信念を歴史的反抗の行為にまですすめる」「人間の不幸という形而上的事実ではなく、不幸な人間という歴史的現実が、新しい出発点となる。」というのだ。イヴァンの思想が「現実と火花を散らして接触する最も困難な部分」から大審問官は生まれたと考えるのである。

日野啓三は、大審問官の提出する問題を四点に集約する。

第一の問題――キリストは、人間に対して余りに多くの完全なものを求めすぎたが故に、却って人間を苦しめ不幸にし、結局はその純粋な愛とは反対の結果をもたらしたのではなかったか。大審問官はいう。「パンと権威と奇蹟、キリストが拒《（ママ）》けたこの三つのものこそ、人間の幸福を現実に約束する前提でなければならぬ」と。日野啓三は、これを換言し、「合理的な計画経済、強大な政治権力、確固たる指導原理（世界観）」――これらが人々にはパンを、世界には統一と秩序を、〈人生はどのような意味があるか〉〈どのようにして生きるべきか〉〈善とは何か〉といった疑問には整然とした解答を与えて、「饑餓と騒乱と良心の悩み」は完全に地上から姿を消すであろうといい、大審問官はいう。「精神的領域というあの不毛の荒野から、この豊かな歴史の中へ帰ってきたのだ」と、日野啓三はいう。それは「人々とともに歴史を生きることではなく、もはや人々のために歴史を創ることだ」というのだ。

もし不調和を直視することが心の平和を乱すなら、乱された心のままに止まらねばならぬ、という。

　第二の問題――彼らは戦わねばならぬ。他人の不幸によって利益を獲得する人々、数々の壮麗な体系と巧妙な論理とヒューマニズム等美しい言葉をもって現実の粉飾と合理化とに専念する人々等々と戦わねばならぬ。戦う以上、勝つことだけが最上の道徳で、道徳さえも利用して冷静でありうるものにだけ、戦う権利がある。

　第三の問題――彼らはきびしく耐えねばならぬ。「天は神聖なほど空虚で、歴史は醜悪なほど無意味だ」という「事実」に耐ええたものだけが、欲するままに歴史を創って行く資格がある。この世にはもともと絶対的な基準というものは何ひとつないという形而上的真実に耐えることが要求され、彼等の共同の行為だけが絶対の意味を無からこの地上に呼び戻す。

　第四の問題――彼等は孤独であることを承認する義務がある。相対的でしかない歴史の各瞬間において、人間に明らかにされるのは絶対的な二者択一である。架空の神話的意味づけを受けとるか、歴史に意味を与えるか。後者を選んだものだけを歴史の創造者と呼ぶ。自らの信念だけが自らの行為に対して賭けるに値する全世界で唯一のものだ、という意味で、この決断は絶対的であり、孤独の裡にしかなされない。

　以上の四点が大審問官の提出した問題だと、日野啓三はいう。その上で、日野啓三は、次のように思考するのである。

イヴンの段階、つまり世界の不正という絶対の条件に自らの正義という信念を対立させる段階に止る限り、人は人類愛の要請と自ら潔白な人間であることとを結びつけることができる。だが、世界の不正を告発するだけで、事実不正の訂正に従わないとすれば、彼は己が反抗を生きているということはできない。人間の条件が不当だと信ずるなら、その条件の改変や新しい条件の創造に手を染めることが必要である。大審問官の事業は、イヴンの信念の論理的帰結であるとともに心理的必然でなければならない。しかも大審問官の「確信と体験と」によれば、その事業はキリストがついに受け入れることを拒んだ荒野の精霊の三つの警告――「地上における人間性の歴史的矛盾をことごとく包含した三つの形態」を「受け入れることによつてのみ成立しうるもの」であった。「意識して故意に明らかな虚偽を行い不正を受け入れることだけが、恐らくこの歴史の中で歴史とともに地上の正義を要求する唯一の方法なのだ」――これが大審問官の「九十年間秘めてきた沈黙の覚悟」だと日野啓三はいうのである。「大審問官が不正であるのではない、彼は不正を選んだのだ」というのだ。イヴンの物語るところによると、彼の「人類に対する愛」「人間の不幸に対する増悪」が度を越えていたために「彼は扉を蹴つて歴史の中に踏みこまざるをえなかつた」のである。日野啓三は、イヴンにおいて「人類に対する愛が彼を反抗の信念に導いた」とすれば、大審問官においては「反抗の信念が人類に幸福をもたらす歴史的事業に彼を導いた」のだという。第一に、「反抗の信念」は、それが「歴史の場における反抗の行為」にまで至るのでなければ不充分であり、第二に「歴史的反抗の事業」は、それがきびしい「形而上的反抗の信念」に根ざすものでなければ不充分である。
「正義」に内容を与えるために、「歴史の矛盾」を自ら引き受け、「歴史に正義を返す」ためにあえて「不正」を行うというのが大審問官の「覚悟」であり、自ら選んだ「運命」である。その意味で「彼の汚れた手」は「人間の真実と歴史との契約の徴し」であり、彼は「形而上的絶対と歴史的相対との生きた繋辞」であり、彼の事業は「地を天に近づける真実のバベルの塔」だと日野啓三はいうのだ。

　語り終わった大審問官にキリストは静かに接吻したと、イヴンは最後につけ加えている。この「接吻」は、大審問官の「覚悟」とその事業に対するキリストの「理解と承諾の徴しだ」と見ることができると日野啓三はいう。彼らの結論と行為とは正確に逆であるように見えるが、「不幸な人類に対する愛」というその「動機」とそれ故に彼らが生涯背負わねばならなかった「精神的十字架の重さ」は等しいのだと、イヴンはいいたかったに違いないといい、「ドストエフスキーが、アリョーシャを自作の劇詩を語り終つたイワン《(ママ)》に接吻させている理由も同様であろう」という。「大審問官」は、作者ドストエフスキーの「ロシアの革命運動に対する黙示録的希望の書だ」と、日野啓三は結んでいる。

　却説、荒正人「同人雑誌評」（「文学界」第八巻第四号、昭和二十九年四月一日付発行）には、次のような言説がある。

> 近代文学には、日野啓三が「大審問官論」をかいている。少し緊張して畏縮した筆致だが、近代の擁立、変革の公式の陰画を作りあげてゐる点で、新しい世代のひとつの成熟を示す評論である。今後の一層積極的な発言を待つ。

また、山室静、荒正人、日高六郎、佐々木基一、久保田正文の五人連名の「文藝時評」（『近代文学』第九巻第四号、昭和二十九年四月一日付発行）の「『近代文学』三月号」の項には、日野啓三の「大審問官論」についての、次のような言説がある。

> 日野啓三のものは、ドストエフスキーを戦後といふ環境のなかでよみ、それを控え目の肉声で語つてゐる。この世代にドストエフスキーがこのやうな形でよまれてゐることは、やはり一つの成熟としてみたい。但し、結びになつてゐるキリストの接吻は、全く反対の解釈、つまり、キリストの否定といふ工合にも解釈できる。この場合は、絶望の予言者としてのドストエフスキーを心に描かねばならぬ。方程式の解を一つしかださないで、吟味を忘れたといふ感じはあるが、そのかぎりにおいて筋道は良く通つてゐる。欲をいへば、もつと裂け目が覗いてゐてもよかつた。

日野啓三は、ドストエフスキーの裡にある、新しいもの、未来的なもの、予言的なもの、此岸を越えた〈向う側〉から露出してきたものを、覗き見ているのであって、「接吻」の場面で彼が指摘したかったのは、極限まで徹底された反対物はいつか必ず〈極端の一致〉という不思議な運命を形成するということだろう。

なお、この「大審問官論」は、日野啓三第四の著書『虚点の思想―動乱を越えるもの』（永田書房、昭和四十三年十二月二十五日付発行）の「第二部　虚点の黙示録」に収載された。その書の巻末の「解説的あとがき」には、次のような言説がある。

> 第二部のなかでは、とくに「大審問官論」が私には強い記憶がある。これはスターリンが死んだ翌年、いわゆるスターリン批判の行われる二年前のものだ。私はスターリンの顔を終始思い浮かべながら、この文章を書いた。
>
> 何年もの間、若い私の心にのしかかっていた聖像の死屍を鞭うつ快感と、すでにぼつぼつ出始めていたスターリン誹謗の意見に対して「悪いのは彼個人でない。われわれすべてを含めた歴史の法則そのものではないか」という反発との、矛盾するモチーフがからみ合っていた。

スターリンの事業、とりわけモスクワ粛清裁判などについての事情が明らかにされてくるにつれて、大審問官という異様な幻想的人物の姿が、改めて恐ろしい現実性をもって理解されてきたようだ。

「カラマーゾフの兄弟」の中心には、周知のように三つの次元にわたる人間性の基本的要素の対立がある。第一はイヴンとアリョーシャとの対立、第二はイヴンの劇詩の主人公大審問官とアリョーシャの師ゾシマ長老との対立、第三は悪魔的に人間的なものと神的に人間的なものとの対立。日野啓三の「大審問官論」は、この人間性の基本的要素の前者に重点を置いて、冴えた思考を展開した、といってよかろう。この大審問官は、「人間への強すぎる愛のために、あえて孤独と不正を自らに引き受ける受難者」「自ら意識して歴史の矛盾を引き受ける受難者」というイメージが強い。キリストの理想を捨てて悪魔と手を結んだはずの大審問官が、真に人類を愛する孤独な受難者の相貌を呈している。限界を越えて予言的に根源的に思考しぬくことによって、日野啓三は人間の既成の感覚、思考形式そのものの変革を企図したのだろう。

3　伊藤整著『火の鳥』

書評の第二は、昭和二十九（一九五四）年四月一日付発行の「近代文学」第九巻第四号の「書評」欄に掲載された「伊藤整著『火の鳥』」である。この書を日野啓三は、光文社、昭和二十八年十一月二十九日付発行で読んだようだ。

劈頭、日野啓三は、「もしこれが他の誰か凡庸の作家のかいたものであれば、われわれはこの作品を心から歓迎することができる」という。この作品の出現は、次の二つの意味で「画期的な〈事件〉である」というのだ。第一に、この作品で作者は「自己のエゴを仮託するに足る一人の客観的人物」を造型し、自由に動かし、その「人物の心理分析、内的独白、現実感覚、現実批判を通じて、作者自身の精神の動き」を表現している。第二に、「現代的な政治的現実」に対する「感覚と反応と行動と怒りと悲しみ」とを描き上げている。

だが、作者が「かの有名な伊藤整氏」であるとすれば、見過ごせないことがある、という。まず「現実への関心」の問題。アメリカとソヴエトとを、ひとしく「技術奴隷」の組織と並置したゲオルギウと同じやり方で、伊藤整は、商業ジャーナリズムと党組織とを「鋼鉄のような残忍な、利用しうるあらゆるものを利用して、しかもゆるすことを知らない秩序のメカニズム」として、読者の前につきつけている。主人公が「次第にあくどく利用されて人間性を喪失していく過程」はよく納得できる。しかし、この女主人公の「人格破壊、自由放奔《ママ》の下手人」として、「ジャーナリズム」と一緒に「党組織」が告発されているのは「納得することができぬ」と日野啓三はいう。ジイドのソヴエト紀行“Retour de l'U.R.S.S.”以来、党の非人間性を云々する人々は、「具体的に非人間的な事実」をあげることをしないで、頭から「党は非人間的」と決めてかかる。伊藤整もこの例外ではない。「勿論、党の中にも多くの非人間的な人間がいる。しかしそのために誰よりも被害をうけているのは党自身である。」と、日野啓三は、懸命に「党」を擁護している。さらに「もし善意から党が人間的であることをのぞむなら、党一般ではなく、その個々人、個々の具体的事実についてこそ批判をせねばならぬ」「党を全体として向う側におしやり頭から非人間性のレッテルをはる場合、実は却つて党を硬化させていると知るべきだ。彼は自分で自分の善意を裏切つている。」とまでいう。なぜ、「党」に「善意」をもつことを要求するのか。日野啓三は、次のようにいう。「この末期資本主義のもろもろの非合理性と矛盾をいくらかでも合理化しうるものは、党をおいて他にない」からだと。さらに「党を合理的に人間的にすることこそ、自分たちの未来を人間的にすることであり、現在の非人間的な事実を変革することに通ずる。反対に党を却つて非人間《（ママ）》に硬化させるものは、現在の矛盾に暗黙の同意を与え、自ら己が未来の可能性を殺すものだ。」と、日野啓三は、「党」への「味方」を強引に要求するのだ。

伊藤整と女主人公生島エミとは、「現在の矛盾に目をとざさず、その変革の事業を理解している」と日野啓三はいう。しかし、伊藤整がこの作品で示した「現実的関心」は、「現実の中の、ではなく現実の外からの現実に対する関心」である。換言すれば「個人的人間観と抽象的ヒューマニズムをその基本的理念としてきた西欧的近代からの現代の政治的現実に対する批判あるいは恐怖」——それが「この作品の作者の立場だ」といい、この書は「見事に立ちおくれた日本文学《（ママ）》現実とともに進もうとする日本の人々の希望の書であると同時に、人々の現状維持と立ちどまりとを正当化する有毒の書ともなりうる」と、日野啓三は結んでいる。「後進国」「過渡期」「知識人」といった問題に、真剣に取り組んでいた日野啓三が、「現在の非人間的な事実」を「変革」するために、いかに「善意」をもって「党」に寄り添って接近していたかが分かる書評といってよかろう。

日野啓三のこの書評を読んでいて、想起される事件があった。昭和三十三（一九五八）年十月に発生した、所謂パステルナーク事件である。私は、当時「文藝時評」を担当していた新聞に依頼されて、「パステルナァクと「ジヴァゴ博士」」（「関西学院新聞」第三百八十二号、昭和三十三年十一月二十五日付発行）と題す拙稿を掲げ Борис Леонидович Пастернак の “Doctor Zhivago” を紹介したことがあった。その書き出しには、次のような言説がある。

> ソヴェト作家ボリス・エル・パステルナァク「ジヴァゴ博士」の、ノーベル賞授与とその辞退、ないしソヴェト国内における作者に対する痛烈な弾刻悪罵、作家同盟コムソモルの除名決議、これらの一連の奇矯な事態が、パステルナァク事件と呼ばれるものだ。

さらに、その拙稿の末尾の一節には、次のような言説がある。

> 小説「ジヴァゴ博士」は政策ではない、とパステルナァクは外国記者に語る。「何故ならわたしは、政治家ではないからだ。だがすべての詩人、すべての藝術家はその時代の志向をいか様にしてでも探り出し、これを表現しなければならぬ」と。この〈時代の志向〉を表現しようとして

パステルナァクは、犠牲者に対する増悪からではなく、犠牲者の置かれた滑稽な立場に対する嘲笑、ただそのことによってのみ残虐行為を遂行する殺人鬼の、異様な相貌を浮彫りにする——「嘲笑をたたえて射殺する」と。優秀を誇るかれらパルチザンの心の、人間性欠如は階級的良心の発露と理解され、残忍性はプロレタリア的エネルギイと革命本能の見本となるのだ、と主人公ジヴァゴは淡々と語る。だが社会主義が、苦悩する人間への憐憫と、社会に対するその擁護という高貴な精神的動因によってはじまりながら、かかる宿命的道をたどったのはなぜか。人間を圧迫し苛責する〈普遍概念〉に対する反抗にはじまりながら、新しい別の〈普遍概念〉——〈人類愛〉を宣言するに至ったからだ。〈人類愛〉は生ける人間に対する愛ではない。人間性という〈概念〉に対する愛、〈遥かなる何ものか〉に対する、〈正義〉と〈完全な社会秩序〉という抽象的観念に対する愛である。この新しき〈普遍概念〉は生ける人間を自己の道具と化し、人間の価値と内的生命を拒否する。憐憫は苛酷と化し、人間的な道徳的良心は、社会、集団、運動、党派の道徳的良心によって片づけられ、それに置換される。これらが、共産主義において異常な威力をもって現前する様相を、パステルナァクは真摯に描出しようと努めているのだ。

（略）*Partisan Review* 誌ニコラ・キャルモンテは、パステルナァクのキリスト教はドストエフスキイの伝統に帰属する、と指摘したが、これは、〈伝統〉の問題としてよりも、はるかに深刻な人間的課題と直結するだろう。ぼくは率直に信ずるのだが、「ジヴァゴ博士」が時代の証言としての、真の意味を持つのはこの点においてである、と。

日野啓三は、パステルナーク事件が発生する以前の昭和三十（一九五五）年に、すでに「いかに生くべきか」とか「われらは何をなすべきか」とかといった「人間」を「主体」とした問題には関心を喪い、現代的未来的な「存在の追求と表現」という問題の領域に大きく踏みこんでいた。

4　「アルベール・カミュと正義」

評論の第二は、昭和二十九（一九五四）年五月一日付発行の「三田文学」第四十四巻第四号の「評論」欄に掲載された「アルベール・カミュと正義―『正義の人々』について―」である。この戯曲作品を日野啓三は、「現代フランス戯曲叢書」の加藤道夫、白井健三郎訳『正義の人々〈カミュ著作集〉』〈新潮社、昭和二十八年三月十五日付発行〉で読んだようだ。

劈頭、日野啓三は〈決してこのようなことは何ものの名においても許さるべきではない〉という言説を掲げている。これは、先に見た「大審問官論」でのイヴン・カラマーゾフの「形而上的反抗」の言葉を想起させる。フランス映画「禁じられた遊び」“Jeux interdits”（一九五二年）の少女ポーレットの姿を例に挙げ、「この世界で生起するすべての事象には当然すぎる原因と充分の必然性があるとしても、決して受け容れてはならぬ結果というものが確かにある。」「人間がある事実の前で〈否《ノン》!〉というとき、そのときだけわれわれはこの相対的な意味しかもたぬ世界にひとつの絶対的な意味を創り与えたということができる。」という。「不正を拒否する」という「反逆の意志」をとおして、「世界にひとつの意味を与え、人間の歴史に方向を与え、自らの生存を人間の生とする」というのだ。もしもそうでなければ、人類の歴史も自然の歴史の一部分にすぎず、「人間は単なる存在一般、せいぜいのところ直立動物の一変種にすぎない」という。カミュが戯曲「正義の人々」〝Les justes〟の中で行おうとしたのは、「不正」「正義」という手垢に汚れた言葉のもつ決定的な意味をとり出すという「危険な操作」であったと、日野啓三はいうのだ。

「異邦人」〝L'Étranger〟のムルソーも「誤解」〝La malentendu〟のマルタも、その無垢はそのまま、悪に対し不正に対して受動的であった。ひとつの事件はただ事件として起こったという意味しかもたず、あらゆる事物は、単にそこに在るという理由だけでそこに在る。「異邦人」の文体は、諸々の価値が価値を喪失した「ニヒリストの文体」であった。「この世界には最高の意味がないということを今も私は信じつづけている。しかし今やこの世界のうちにある何かが意志をもっていることを私は知つている。」これがナチの侵略によってカミュが発見し、レジスタンスの闘争を通じてカミュが学んだ教訓であった。

かくして新しい仕事が確定した。カミュ自身の言葉によれば「人間だけが唯一の受諾者である正義に機会を与えること」が、仕事の主題である。日野啓三は、アルベレース（René Marill Albérès）が*Le Révolte des Ecrivains d'aujourd'hui* のカミュ論で「レジスタンス運動と解放の頃」を境にして、その前を「シジフォスの時代」その後を「プロメテの時代」と名付けたのを分析し、「シジフォス」と「プロメテ」との微妙なちがいは決定的であるという。日野啓三によれば、「シジフォスの自尊心」と「プロメテの正義」、これが、レジスタンスの一時期を中にはさんで書かれた、二つの戯曲「誤解」と「正義の人々」との主題の相違だというのだ。

「誤解」の主人公マルタが宿泊客を殺すのは、「傷つけられた自尊心」のためであった。だが日野啓三によれば、自らの不幸、人生の冷酷、人間の条件の不正を、彼女は自らが「傷ついた自尊心の復讐の正当化に利用する」という仕方で、受け容れている。手はこんでいても世界の不正を受け容れるという一事に変わりはない、というのだ。彼女はその行為によって「世界に新しい不正を加え、人間の条件の悲惨をさらに増加させることによって、天に味方している」というのである。レジスタンスの闘争を通じてカミュが学んだ真実は、「人間は人間の条件の形而上的、歴史的不正と戦うためにこそ正義を受諾すべきであり、地上の正義を要求して不断に天と地の不正と戦うことによって世界と人間に意味を与えるべきだ」ということであった。これが「ペスト」“La peste”「戒厳令」“L'État de siège”「正義の人々」の新しい主題だというのだ。その意味で、正義を実現するために同志と共に戦う、ディエゴやリューやカリアーエフたちは、反ファシズムの戦火の中から誕生した「二十世紀のプロメテ」ということができると、日野啓三はいう。

プロメテは、「地上の正義」を要求したために、地の果ての岩頭に縛りつけられ、鎖の重みと酷暑と寒風と禿鷹の嘴とを耐えぬく各瞬間毎に「正義」を確保した。「正義」を生きるとは己が全存在を賭けて地の果ての孤独の裡で「天」と戦いぬくことだ。「天」とはこの場合、「不正」も知らず「正義」とも無縁のままに地上を支配する絶対的な力の謂だ。「地上の不正」に無関心で「人間の正義」に非情なのが、われわれの生きるこの世界である。より公正な未来を求めて専制と戦う革命的人間は、不断に「天」と戦う時にのみ誕生する。

「正義の人々」とは、「人間の尊厳」のために「天」に反抗し、「ロシアの未来」のために「ツァーリズム」に反抗する、二重の反抗者だ。彼等が愛するのは、公正な人生である。「社会的正義」だけでなく、「社会的」「形而上的」二つの条件をそなえた「人間的正義」こそ革命の最新で最後の条件である。カリアーエフが、最初セルゲイ太公の馬車に太公の幼い甥と姪とが同乗していたため爆弾を投げることができなかったのは、そのためである。「子供を殺すのは名誉に反する」ことであり、「名誉は貧しい人間の最後の富」であるというカリアーエフの科白を引用し、この考えこそ「人間が人間でなくなるか否かの最後の条件である」と日野啓三はいう。カミュは「子供の苦しみがそれ自身耐え難いのではなくて、その苦痛が正当化されない事実が耐え難いのだ」という。太公は殺されるべき多くの理由を自らつくった。子供の死は何ものをもっても正当化されないが、太公の死は正当化することができる。少なくともそれは、加害者の生命をもって贖うことができる。革命家はすべて自らの生命をもって流血を贖うだけの覚悟が必要である。その覚悟が本物であれば、それだけ確実に太公とその仲間の血を流すことができる。日野啓三は、「支配階級は社会的不正を作り出すだけでなく、このような倫理的不正をもわれわれに課す」という。カリアーエフは子供を殺さず太公を殺したことによって、人道主義者でも殺人鬼でもない「革命的テロリスト」になったのだ。「彼は革命に意味を与え、自分自身の行動に意味を与え、さらに太公の死にさえも意味を与えた」というのだ。

だが、カリアーエフが「正義」のために捨てねばならなかったのは、「清い手の自覚」だけでなく「あるがままの愛のよろこび」もであった。二度目に出発する直前、彼はドラからはげしい愛の言葉をきく。彼はここで、ドラへの直接的な愛情をおし殺し、あのやさしい心の平和を捨てる。ほとんど抽象的存在にもひとしい「民衆への愛」を、彼は心の平和と引き換えに受け容れる。彼の「人類に対する愛」には、「民衆の支配者」と「世界の支配者」とに対する「二重の反抗」の意志の裏打ちがあり、そのような「人間の愛」だけがよく「神の愛」に対抗することができ、神の救いを斥けて自分を救うことができるというのだ。

「正義」は人間に余りに多くの代償を要求する。それがドラの実感であり、カミュの確信であるように見えると、日野啓三はいう。「世界の悲惨」に抗議するために自ら「悲惨」を引き受け、「地上の不正」をなくすために自ら新しい「不正」を選び、その「不正」は、自らの「死」によってしか正当化できない。革命的テロリストの場合がそれである。「正義」とは抽象的原理ではなく、「生きた人間」に加えられる「不正」に対して「抗議する意志」のことだと、カミュは強調する。人間のために、人間が正しく人間となるためにこそ「正義」はある。「生きた人間」とその「尊厳」、その「倫理的意志」こそ尊重されねばならないと日野啓三はいう。人間の「不正」な状態は、「社会的」なものであれ「形而上的」なものであれ、告発されるべきで、人間の「反抗的意志」だけがひとつの意味をこの世界に与える、というのだ。この「評論」は、パスカルが「考える葦」の比喩で主張した「人間の尊厳」という近代的観念に強く囚われて、「如何に生くべきか」を真剣に考えた論考であったといってよかろう。

5　「現代評論」創刊号

日野啓三の昭和二十九（一九五四）年後半期の文業で目に立つのは、「現代評論」に所掲の諸稿である。「現代評論」は、奥野健男と日野啓三とが語らい「立場を越えた新しい評論同人誌を計画」。「現代の現実」に対する「批判機能」「批評精神」を発現するために、奥野健男、菊地昭吾、清岡卓行、都留晃、野島薫、服部達、伴野達也、日野啓三、村松剛の九名を編集委員として創刊された。創刊号「編集後記」には、つぎのような言説がある。

> 現代の現実に対するとき、僕達の精神は必然的に批評のかたちをとつてあらわれる。現代のあらゆる既成秩序が、僕達の生存と自我の成長を軛殺しようとかかつているとき、僕達は反対し、それらを否定することによつてしか、自己を主張することも表現することもできない。悪しき時代の子は、創造より批判を、建設より破壊を、肯定より否定を、先行させねばならない。僕達の前にある現実の壁につきささり、つきやぶることによつてのみ、新しい道は拓かれ、新しいものを産み出し得る。
>
> そして今日においては、小説も詩も美術も、また科学も、その底に批評を内包せずしては存在し得ないであろう。僕達がこの雑誌を「現代評論」と名付けたのは、単に狭い意味での評論のジャンルを意味するのではなく、現代に対するこのような精神の批判機能、批評精神そのものを指してである。

戦後簇生し、若い世代の文業を掲げてきた諸雑誌のうち、「人間」（昭和二十一年一月創刊、昭和二十六年八月終刊）、「展望」（昭和二十一年一月創刊、昭和二十六年九月終刊）、「綜合文化」（昭和二十二年七月創刊、昭和二十四年一月終刊）、「個性」（昭和二十三年一月創刊、昭和二十四年一月終刊）等が次々と廃刊。「近代文学」に昔日の勢いがなくなっていた。さらに、旧制一高出身者によって発行されていた「世代」（昭和二十一年七月創刊）も、昭和二十八年二月に終刊し、村松剛、清岡卓行、大野正男、浜田新一などの若い評論家や詩人たちが、自分達の発表の場を索めていた。「〈座談会〉『近代文学』の功罪」（「近代文学」第十九巻第三号、昭和三十八年八月一日付発行、終刊号）で、日野啓三は「『近代文学』がある時期から急につまらなくなってしまったのは、たしかだ」といい、「一回、譲り渡すという問題があった」が「受け継」がなかったという。「僕達はどうしても自分達の手で発表の場をつくらねばならない」という想いを強くして「僕達、若い世代は、各々の小さな殻を破り捨てて、この「現代評論」に結集した。「現代評論」は縦糸に小説・詩をはじめすべての芸術を貫ぬく批評精神を、横糸に単に芸術だけでなく、社会、人間、自然、のすべての分野を統一する広い評論というジャンルを打ち建てたい。」と考えたという。当時二十歳代前半から三十歳代前半までの若手評論家の精鋭を糾合し、「現代評論」は創刊されたのであった。雑誌発行の中核になったのは、創刊号と第二号との奥付に「編集人」として氏名が記載されている奥野健男と、第二号に「編集後記」を掲載している日野啓三とであったと思われる。創刊号の「編集後記」は無署名だが、筆致から推して日野啓三の手になるのではないかと思われるが、確証はない。

　創刊号は「昭和二十九年五月二十日印刷／昭和二十九年六月一日発行」「編輯人　奥野健男」「発行人　波良彰一郎」「発行所　東京都千代田区神田駿河台三ノ五　現代文学社」「印刷所　大同印刷株式会社」であった。創刊号に所掲の諸稿を目次に準じて示すと次のようである。

特集・現代について　7〜40

後進国における現代の課題―マニフェストにかえて―　日野　啓三　7〜18

現代思想の基点　村松　剛　19〜28

方法叙説　服部　達　29〜40

現代評論　71〜85

(1)ジョアン・ミロ論―現代絵画のあだ花―　東野　芳明　71〜75

(2)新劇の二元性　野島　薫　76〜77

(3)現代音楽小論―ドデカフォニズムについて―　矢島　繁良　78〜79

(4)ソヴエトにおける現代詩　工藤　幸雄　80〜81

(5)現代の神話　日野　啓三　82〜85

存在と形成―キリスト者のリアリズムについて―　佐古純一郎　41〜46

現代のペトロニウス　木内　公　47〜51

詩		
眼	大岡　信	64〜65
二重の未来	清岡　卓行	66〜69
皿を焼く人	飯島　耕一	70
地下生活	大森　忠行	114〜115
職場と文学（文学時評）	高原　西蔵	101〜103
マルキ・ド・サド評伝	遠藤　周作	104〜109
反逆の倫理―マチウ書試論―	吉本　隆明	52〜63
芥川龍之介論―枠の構造について―	大野　正男	86〜94
中野重治論―評価の基準―	奥野　健男	95〜100
創作		
鬼剥げ	島尾　敏雄	110〜117
編集後記		118

「特集・現代について」巻頭の日野啓三「後進国における現代の課題―マニフェストにかえて―」は、「大審問官論」（「近代文学」第九巻第三号・昭和二十九年三月一日付発行）や「アルベール・カミュと正

義―『正義の人々』について―」（「三田文学」第四十四巻第四号・昭和二十九年五月一日発行）で論及してきた、「いかに生くべきか」「われら何をなすべきか」といった「人間」を「主体」とした問題に傾倒し、当時彼が取り組んでいた「後進国」「過渡期」「知識人」等のうち、「後進国」の問題に焦点を絞って包括的に論究したものであった。

敗戦後日野啓三は、「経済構成の土台に、社会生活の隅々に、われわれの心理の奥深くにまで前近代的要素があまりにも根深く広汎に残されていることを、はっきりとみてしまった」という。上は支配機構、経済組織、教育制度から、下は人々の日常の習慣、思考方法、感受性、生活態度まで、前近代的な遺制は助長、温存、利用されて、今日に到っている。「古式ゆかしい世襲君主制と巨大なコンツェルン、身分隷属的な雇用制度と最新式の大工場、義理人情の美風と近代的デカダンスの風潮とが渾然と共存している」というのだ。「前近代の矛盾、擬性近代の矛盾、そして社会主義への移行の困難」と「われわれの重みは三重である」とみて、日野啓三は「先進国」における「基本的な歴史法則」を次のようにみる。

封建的前近代が資本主義的近代にとってかえられ、近代はその勃興、発展、頂上の過程を経てやがて爛熟、行詰り、解体の時期に至り、社会主義によって矛盾を止揚されるその限り「資本主義的近代」と「社会主義」とは、「発展段階を異にする別な二つの世界」であり、「近代化」と「社会主義化」とは「同時に遂行するべきもの」ではなく「二者択一」であるといえる。だが日野啓三は、この「近代化」と「社会主義化」とを、切りはなすことのできないところに、「後進国の特殊性」がある、というのだ。

「西欧への劣等感に根ざす近代主義者」と「歴史的必然によりかかる進歩主義者」とは、「後進国の条件を無視」することによって、「この国の非人間的条件の全体的な変革に失敗する」のだ。両者に共通するのは「現実認識の一面性」と「人間の不在」とだという。「近代のための近代化、歴史のための社会主義化」に対して、日野啓三は「人間のための近代化と社会主義化との同時遂行」という立場をとる。「前近代的な残存物の徹底的な清算」と「資本主義体制の根本的な変革」とを「同時に行うことこそわれわれの課題である」というのだ。そして「人間こそこの世界に意味ある唯一の存在である」という「信念の未成熟の状態」が、この「後進国の特殊性」だと、日野啓三は批判する。日野啓三の立場は「社会主義的人間主義」とでも名付けられるものだ。「コンミユニズムだけがわれわれに自由と平等と正義と幸福を獲得する可能性を具体的に指示する唯一の処方箋である」と主張する一方、「人間とは」と自問して「現実の非人間性への反抗を通じて不断に人間的であることを自ら選ぶ自覚的意志の謂いだ」と、日野啓三はいう。「人間」として生きるために「歴史の必然的な法則」を利用することによって「歴史」をこそ「人間の手段」とすることを望むのだ。「現存秩序への反抗」

を「社会主義への展望の下に行う」というのが、日野啓三の示す「条件」であった。

「この世界で意味あるものは人間だけだ」と、当時の日野啓三は信じ続けていた。「他人の不幸によって支えている秩序の中に居心地よくおさまつ《(ママ)》ていること」など多くの「不合理」多くの「屈辱」多くの人々の「悲惨な生活」の余りにも多いこの「現実」に何の「嫌悪」も「反撥」も「不満」も感じないこと、あるいはその「不正」と「悲惨」とを「何ものかの名によって正当化」し、その「存続に同意を与える」ことは「人間的」と呼ぶことはできない。現在にあっては、この「秩序」と「調和」しないこと、「明らかな意識」とともに「反抗という倫理」を自らに課すこと、「批判的」「反抗的」ということが「人間的」であることの最も確実な内容である、と考えるのである。

　このひとつのことを、「それだけは自分自身のものとして信じられる」故に、この「確信を共有する者たち」が集まって「現代評論」を創刊したというのだ。この「マニフェスト」を貫いている「後進国の社会的、心理的現実を離れてはだめだ」という態度、「近代化という操作も自分の足許から、自分の内側から行わねばならない」という態度は、「近代文学」の強い態度で、日野啓三は「「現代評論」のマニフェストを書いたときはその影響があった」と回想している。

　また「現代評論」欄の日野啓三「現代の神話」は、(1)現代絵画(2)現代演劇(3)現代音楽(4)現代詩に続く、(5)として、現代世界の政治的状況を論じたもの。「ソヴエトの侵略の脅威」という「現代の神話」を手がかりに、スターリン逝去後のソヴエトの動静をふまえながら、資本主義諸国のアメリカと日独、アメリカと英仏、英仏と日独等の各国間の矛盾を考察して、「米ソ原爆戦はないという希望」は、「第三次帝国主義戦争の不可避性という絶望」に代り、そのときこそ「われわれに変革の機会が提供されるかもしれないという希望」が生まれる、と論じている。これが「神話のヴェールを剝ぎとったとき」の「この時代の現実」である、というのだ。のちに日野啓三は「死について」(「すばる」第十四巻第一号、平成四年一月一日付発行)で「あのころは危なかった。朝鮮戦争直後、ソ連が五十メガトン水爆をつくったころ」だ、と語っている。

却説「現代評論」の創刊は、当時の文学界では目に立つ出来事で、各誌において多くの紙幅が割かれて紹介された。山室静、荒正人、佐々木基一、久保田正文、奥野健男、平野謙連名の「文藝時評」(「近代文学」第九巻第七号、昭和二十九年七月一日付発行)には、つぎのような評言が見られた。少し長いが、「『現代評論』創刊号」の評言全体を引用しておこう。

> この雑誌に集《（ママ）》る若い人たちは、彼ら自身も予期していなかつた新しい場所に向つて大きく踏み切ろうとしている、——という感じを強く受ける。彼らがみずから何か新しいものを予感して、というよりは、むしろ次第に強まる現実の圧力に押されて、といつた方が正しいかもしれないが、とにかく現在の日本というみかけ以上に複雑な現実の盲点を手さぐりでさがしあてようとしている彼らの共通の努力は買われていいだろう。近頃「第三の新人」という名前で呼ばれている三十

代の小説家たちが、次第に現実との妥協的態度に傾きがちなことと比べてさらにその感が深い。

　この創刊号には評論六篇、評伝一篇（マルキ・ド・サド）、詩四篇、小説一篇、それに十枚位の短い論文五つが収められている。それぞれの扱う対象、対象に迫る態度と方法、あるいはその立場は大そう区々だが、通読してみると意外なほど共通の主題同じ雰囲気が支配しているのに驚く。

　たとえば、日野啓三は『後進国における現代の課題』というマニフェストの中で、ややくどい位に、前近代、近代、社会主義、という一元的な歴史観と西欧的な人間観に対する信仰に疑問を提出しているが、服部達もその『現代世界考察の方法《（ママ）》』の中で「ヨーロッパ的な概念のみに頼つてわれわれの現実を認識しようとすることには、ある限界がある」点を精密に指摘して、「日本的現実に即した認識の方法」の必要を強調している。また奥野健男は中野重治を論じて、これまでの中野重治の評価の仕方がいかに根本的に誤つていたか、と彼自身でも意外だつたと思われるような結論を大胆に導きだし、その誤りの根本はこれまでの評家の批評方法が暗黙のうちに「社会秩序の内側」つまり、秩序から疎外された民衆の意識の外側で育つた温室育ちの方法によつていた点をはつきりと示している。

　もちろんまだ彼らは自分たちの予感を充分に展開しているとはいいがたいし、言葉づかいや論理の展開の仕方に無理なところ、粗雑なところが少く《（ママ）》ない。この点、彼らが本当に「秩序の外側」に自分たちの精神を根拠づけようとしているのならば、もつと「誰のために書くか」という問題を考えていいようにも思われる。

しかしそれにも拘らず、現在の日本の現実と明哲に対決しようとすると、これまでのようなヨーロッパそのままの近代主義的な方法、あるいは秩序の内側の思考法では、最も根本的な問題の所在が盲点となりかねない危険性を彼らは実感しているようだ。認識の方法を変革するとともに主体的に自分たちの位置を秩序の外側に意志的におしやる努力――それが現在の彼らの主題となつているゆえんであろう。木内公の『現代のペトロニウス』、吉本隆明の『反逆の倫理』、大野正男の『芥川龍之介論』などは、こうした既成秩序への反抗という仕方で、現実と人間性との生き生きとした関係を恢復しようとする努力を示している。村松剛がヴァレリーからサルトルへの道について論じているのもこのことだ。

もしかすると、こうした新しい人たちの自主的な努力によつて、これまで不徹底にしか批判されなかつたわれわれのもろもろの壁や歪みや盲点が次第に明らかにされ、思いもかけなかつた新しい展望がひらける端緒となるかもしれない――というのは、評者のこの新しい雑誌に対する強すぎる期待でもある。

また、荒正人「同人雑誌評」（「文学界」第八巻第八号、昭和二十九年八月一日付発行）には、「今月も幾つかの新しい雑誌が創刊されているが、そのなかで現代評論と今日は注目すべき季刊である。」とし、つぎのような評言があった。

前者では、「現代について」を特集し、日野啓三が「後進国における現代の課題」といふ文章をマニフエストとして発表してゐる。

「われわれの門はひらかれている。後進性によるものであれ近代の行詰りに由来するものであれ、われわれの周囲の非人間性を憎むもの、真の近代という名で呼ばれようと来るべき社会主義社会という名で表現されようと、現代よりもわれわれの内心の明らかな要求に応えることのできる世界をのぞむもの、そのための変革の事実にそれぞれの力と知識と技術と努力と希望を賭ける意志のあるすべての人々はわれわれの同志であるとわれわれは呼びかける。」

私はこの広い視野に好感を寄せる。だが、近代化の蜜月時代をいひ、平和革命の幻想について批判するとき、この筆者は、戦後像の平面図しか捉へてゐないのではないと《(ママ)》疑ふ。亀井勝一郎は、無血革命と軍備の撤廃を、現代の理想として掲げてゐる。また、野上彌生子は、火焔ビンと原子爆弾の結びつきを指摘してゐた。「ビキニの灰」といふ全く新しい事態に直面した今日となつてみれば、このマニフエストは現代の実態から浮きあがつてゐる。「平和革命」や「近代化」を乗り越えてゆく智慧がひからびてゐる。現代を捕捉するには、マルクスの夢みた人類の地平線といふ心象に辿り着かなくてはならぬ。その点では、吉本隆明の「反逆の倫理」（マチュウ書試論）の行き方にむしろ期待したい。日野啓三はかういふものを勉強する必要がある。

荒正人の評言はきびしく、「マルクスの夢みた人類の地平線といふ心象」に「辿り着く」ことや、吉本隆明「反逆の倫理」の「行き方」を「勉強する」ことを慫慂している。しかし、「近代化」といい、「平和革命」といい、「現代の実態」といい、すべて「人間」や「人類」を「中心」に据え、他の存在は人間的主体の「表象」の対象に変ずるという、「意志」を本性とした思考である。「人間」を「中心」に「世界」を見て、天が動くと見る天動説と同様の世界観といってよい。当時の荒正人の「意識の場」は、当時の日野啓三と同様「人間」に限定されていて、「宇宙」にまでは拡大されていなかったようだ。

6　「現代評論」第二号

「現代評論」第二号は、奥野健男、村松剛、清岡卓行、東野芳明、野島薫、服部達、大野正男、日野啓三の八名が編集に当たった。「昭和二十九年十二月一日発行」「編集人　奥野健男」「発行人　波良彰一郎」「発行所　東京都千代田区神田駿河台三ノ五　現代文学社」「印刷所　株式会社堀内印刷所」であった。第二号に所掲の諸稿を目次に準じて示すと、次のようである。

特集・現代思想家論 7〜65
清水幾太郎論 浜田 新一 7〜12
小林秀雄論—教祖の運命— 村松 剛 13〜25
中野重治論—思想と自我のむすびつき— 奥野 健男 26〜32
伊藤整論—伊藤整の思想・素描— 服部 達 33〜40
埴谷雄高論 あるいはひとつの精神的悲劇について 日野 啓三 41〜52
武谷三男論—思想と実践— 杉浦 俊男 53〜65
二十世紀外国文学研究 66〜81
アンドレ・ジイド論—小説概念の革新（Ⅰ）— 若林 真 66〜74
ソヴエト文学はどうなる 工藤 幸雄 75〜81
現代評論 82〜95
(1)何が「空白」か—なかの・しげはるの『空白』について— 武井 昭夫 82〜87
(2)革革革命 檜山 久雄 87〜89

(3)暴力について　大野　正男　89～92
(4)日本経済の現状—二九年上半期の状態と独占資本の論理—　竹内　康宏　92～95
啄木伝承の方向　佐古純一郎　96～101
マルキ・ド・サド評伝（Ⅱ）　遠藤　周作　102～106
反逆の論理（Ⅱ）—マチウ書試論—　吉本　隆明　107～117
編集後記　（日野）　118

日野啓三の「埴谷雄高論　あるいはひとつの精神的悲劇について」は、ヨーロッパ「先進国」の「近代的思考様式」と「後進国」の「アジア的思考様式」との対立の中心を、「個我」の問題とみて、これを支点にアジア人としての埴谷雄高の「精神的悲劇」を論じてものである。

劈頭日野啓三は「個物としての人間の起源」に関する「二つの伝説」を紹介している。ヨーロッパ的な『旧約聖書』「創世記」の言説と東方的なギリシア人の言説とである。前者は「神の意志」に従って、「神」に「祝福」されてこの「世界」に生まれてきた。だが、後者は、「神の意志」に反し「己の邪悪な意志」に従って「大いなる全体」から「自ら」を分離したというのだ。後者の「個我の実現」は、その本質において「瀆神的」で、悪と呪いの「悲劇」の道で、「死滅」の宣告を受けているというのだ。日野啓三は、後者の「東方的な考え方に親近を感じる」という。この親近感の裡に、「人間」中心主義の思想から離反する「素地」が感受される、といってもよかろう。

「巨大な専制君主を頭上に戴き、呪術と迷信の鎖で縛られた村落共同体社会の内部で、個我を自覚するということ」それは「現在の僕らの想像以上の悲劇を伴つて行われた」だろうと、日野啓三はいう。長い歴史の幾時代を通じ平和な共同体意識の中に眠りこんでいた「後進国」社会で、早急な「近代化」が行われ「個我の自覚」を促されることは、「瀆神的」な忌まわしい「悲劇」ではないか、というのだ。「これらの呪われた自我たち、意識して悪を意志し、罪を引き受けた魂たちによつて、その国の精神史は変革されるのだろう」ともいう。


　この国の「個我の自覚」は、「近代以前的な共同体からの解放の過程」より、むしろ「近代を越えることをめざす運動組織からの脱落の過程」において行われたようにみえる。埴谷雄高は、その「最も典型的な一人だ」と、日野啓三はいう。それは彼が「かつて正式に非合法共産党の党員だつた事情による」のだろうといっている。彼は「自分の生身の体から腕の一本をもぎ離すようにして」自分自身をかつて「自ら信じた組織から引き抜いた」のだといい、「彼の個我の観念には、恐らく血が滲んでいる」という。「死霊」は、「転向という忌まわしい事件をとおして、自我の確立を徹底させねばならなかつた」その「不幸な自覚」をこそ「根本のモチーフ」にしている、というのだ。

「死霊」に登場する三人の中心人物。主人公のひとりで日野啓三が「日頃偏愛する」という三輪與志、それに首猛夫と津田康造とについて、日野啓三は詳細に論じている。これら「死霊」の若者たちは、「個我の完全な自己主張」という壮大な「夢」と、「生ける全体からの恣意的な分離」に伴う怖るべき「罰」との双方を、負わされている。結論として日野啓三は、作者の「理知を三輪與志」が、「行動の情熱を首猛夫」が、「アジア人としての宿命を津田康造」が担っているといい、彼らは「父なる権威と母なる調和の許から逃げ出した不逞の子」だという。「伝統のもの、公認のもの、大いなるもの、調和的なもの」に「意識して叛逆」し、「新しいもの、個別的なもの、否定的なもの」を「無限に追求」しようとするという。そのため、彼らは作者に代って「荒廃と孤独と破滅の罰を背負いゆく」というのだ。

「転向という屈辱的な事件」と「自我の自覚という信念甦生の物語」とが重なるという「精神的体験の二重性」、また「アジア的停滞性からの近代化という歴史的使命」と「個物の出現は悪の初り《（ママ）》に他ならぬという形而上学的使命」とを、二つながら負わねばならぬところに、「作者の悲劇的位置」があり、「僕らの精神史の現実」があるという。「僕らの魂が哭きながら求めているもの」それは「完璧な生ける個体としての新しい人間の誕生、個我の自己主張がそのまま調和への讃歌となるような世界、《われ生きたり》と生を全的に肯定しつつ母なる大地にすつくと立つ瞬間—その新人、その新しい時」だといい、つぎのように結んでいる。

この確信こそこの強烈な陰画にも似た否定的精神＝死霊たちの、陰惨でしかも輝や《(ママ)》かしい物語を支える眼にみえぬ支点であるに相違ない。反対にもしこの信じられぬものをも信じる信念と強烈な悪の自覚がなければ、古い共同体を離れた個我はそのまま生命力と創造力を失い《(ママ)》てて枯れてしぼむか、あるいは再び悪質な全体への埋没を夢みるようになるだろう。

埴谷雄高が、「死霊」で大きく踏みこんでいる新しい次元の問題、「政治と文学」という次元とはちがう「存在論の領域」「存在の追求と表現」という現代的未来的問題には、まだこの論考では言及されていない。昭和三十（一九五五）年に入って、日野啓三の意識は大きく転換し、「存在と文学」がこれからの「文学のモチーフ」になる、と考えるようになるのだ。

なお、この「埴谷雄高論　あるいはひとつの精神的悲劇について」は、十分の一ほどに極度に短縮されて「現代の黙示録」と題され、『死霊限定版』（近代生活社、昭和三十一年九月十日付発行）に付された栞の「死霊の言葉」に、武田泰淳「死霊について」、井上光晴「岸壁にて—埴谷雄高氏に—」、本多秋五「異邦人の言葉」、編集部「読者の理解のために」とともに収載された。さらに、日野啓三第四の著書『虚点の思想—動乱を越えるもの』（永田書房、昭和四十三年十二月二十五日付発行）に「埴谷雄高『死霊』論—呪われたものＩ」と改題されて全文が収録されている。

却説、日野啓三の「編集後記」によれば、第二号は「秋風立つ頃に出るはずだつた」という。「多分三号からは、新しい季節の訪れごとに、新しい号を出してゆけるものと思う」といい「三号は三月一日発行の予定。昭和二十九年も終るので、昭和二十年代の批判として「戦後十年の諸問題」を特集することになつている。」として、次のような「予告」を掲げている。

現代評論三号予告

★戦後十年の諸問題★

村松剛・佐古純一郎・武井昭夫・清岡卓行・若林真・檜山久雄・奥野健男・服部達

《公開状》

花田清輝氏へ……………………木内　公

中村光夫氏へ……………………日沼倫太郎

竹内　好氏へ……………………日野　啓三

《今日の問題》

美術・東野芳明　世代・矢島進　政治・濱田新一（その他）

カミユ論……………………………中野　武彦

叛逆の論理（Ⅲ）………………吉本　隆明

マルキ・ド・サド（Ⅲ）………遠藤　周作

「編集後記」に「僕らは決して二号や三号で投げだすような仕事を始めたつもりはない」とあるが、「現代評論」の第三号は、遂に日の目をみることがないままに畢った。

7 「新日本文学」の「読書ノート」

昭和二十九（一九五四）年後半期日野啓三は、「新日本文学」に共同執筆の形で「読書ノート」を連載している。署名は「日野啓」。共同執筆者が、服部達、奥野健男等「現代評論」の同人たちであること、また、日野啓三の小説の処女作「向う側」（「季刊審美」第二号、昭和四十一年三月二十四日付発行）が「野火啓」の筆名で発表されていることなどから、「日野啓」は「日野啓三」の筆名と断じてよいと思う。

猶、「読書ノート」（「新日本文学」第九巻第十二号、昭和二十九年十二月一日付発行）に、服部達のつぎのような言説があった。

> 先日、「新日本文学」の編集部から私のところへ、モーロアの『ジョルジユ・サンド』（新潮社）と小田切秀雄の『小林多喜二』（要書房）を送つてきた。今日はまた、荒畑寒村著『ひとすじの道』（慶友社）というのが来ている。「読書ノート」で扱え、というわけだろうが、いずれもこ

ちらから希望した書物ではない。書評ならともかく、読書ノートとあるからには、自分が読みたいと思つて読んだ書物の感想を、自由な形で（むろん公的に発表することから来る必然の制約はあるわけだが）書き綴ればいいのだ。という風に私としては考えている。だから、送りつけられた書物は、送りつけられたということで、それだけ何か縁遠いものに感じられた。もしかすると、お前はふだんロクでもない本ばかり読んでいるのだろうから、こういうしつかりしたものを読んで自己改造をしろ、と言われているのかも知れぬ、とひがんでみたりした。

この言説から推して、「読書ノート」は、「自分が読みたいと思つて読んだ書物の感想を、自由な形で書き綴」ったものではなく、いずれも「新日本文学」の編集部から「「読書ノート」で扱え、というわけで」「送りつけられた書物」の「感想」を「書き綴」ったものであったようだ。「日野啓」の「読書ノート」も、その例外ではなかったろう。

七月号の「読書ノート」

「新日本文学」第九巻第六号、昭和二十九年六月号に所掲の「ノート」は、浜田新一、大野正男、村松剛の連名であった。この三人は、旧制一高出身者によって発行されていた「世代」（昭和二十一年七月創刊、昭和二十八年二月終刊）の同人で、「現代評論」にも参加していた。七月号（第九巻第七号、昭和二十九年七月一日付発行）所掲の「読書ノート」は、服部達、奥野健男、日野啓の連名で、「批評の方向」の標題で掲げられ、六冊の「書」が取り上げられている。標題の下に掲げられている「服部達／奥野健男／日野啓」の順に、二冊づつ担当したとするのが穏当な推定であろう。とすれば、「日野啓」の担当は、「未来藝術学院」叢書の「エレンブルグ「作家の仕事」」と「矛盾《（ママ）》ほか「新中国の創作理論」」ということになる。この二冊の「書」を「日野啓」は、エレンブルグ著、鹿島保夫訳『作家の仕事（未来藝術学院6）』（未来社、昭和二十九年五月一日付発行）と茅盾、蕭殷、周揚、胡可、何基芳著、中国文学藝術研究会訳『新中国の創作理論（未来藝術学院2）』（未来社、昭和二十九年三月十日付発行）とで読んだのであろう。

却説、「ソヴエトの作品は、すべてがととのつているようで、そのくせ何かが欠けている。」という読者の手紙に対する回答として書かれた『作家の仕事』*О писательском труде* でエレンブルグは「「生きた人間が欠けているのだ」という以上のことは何もわからない」と書いている。日野啓は、「エレンブルグもボケてきたな、と思つた」ようだが、「真実はその反対である」という。「読み終つてナンダツマラナイ、と思わせるように書くことによつてかえつて、事態の恐ろしさはヒシヒシと感じさせられる」「むつかしいのは、あたりまえなことが見失われている事態がいかに容易ならぬものであるかということを少しばかり非凡な仕方で語ることであろう」というのだ。

同じ叢書の『新中国の創作理論』は、「新中国の第一線批評家、作家たちの講演集のごときもの」

である。「これを読んでひどく感心した」という。「低い理論と高い人間性とが有機的に結びついている」というのだ。たとえば「矛盾《（ママ）》はまるで小学生の校長先生のような口調で、毎日ノートをとること、マルクス主義の本を系統的に勉強すること、指導的な同志とよく話合うこと、「人物大綱」をかいて登場人物をはつきりつかまえることなどを説いている。」これに対し日野啓は「文学とはもともとそうしたものではなかつたか。」というのである。

八月号の「読書ノート」

「新日本文学」八月号（第九巻第八号、昭和二十九年八月一日付発行）の「読書ノート」は、「小説世界の現情」（「目次」では「小説世界の現実」）の標題の下、六冊の「書」が取り上げられている。本文所載頁に揚げられている「服部達／奥野健男／日野啓」の順に二冊づつ担当したのだとすれば、「日野啓」の担当は壺井栄『岸うつ波』（光文社、昭和二十九年六月十日付発行）と大田洋子『半人間』（講談社、昭和二十九年五月五日付発行）ということになろう。

　この二作品を読んで日野啓は、「社会の矛盾」が「集中的に」皺寄せされる「弱い部分の歪み」を「現実的に描き出し」ていて、「この時代、この社会の非人間性の全貌」が「明確に浮かび上がつてくる」と感じたという。しかし「この社会体制そのものを変革」するためには、「時代の矛盾を自らの矛盾」とし「現実の悪を自らの内部に耐え」、自ら「手を汚す」ことを引き受け「加害者の悪意」にも対抗しうる「善意と良心」の文学、新しい歴史を創ってゆく「創造者」の文学を考える必要があるというのだ。「カラマーゾフの兄弟」の大審問官や「正義の人々」のカリアーエフに共鳴を示した日野啓三の、当然の言説であったと思われる。

九月号の「読書ノート」

「新日本文学」九月号（第九巻第九号、昭和二十九年九月一日付発行）の「読書ノート」は、「善意と現実」の標題の下、七冊の「書」が取り上げられている。「奥野健男／日野啓／吉本隆明」の順に執筆者名が掲げられ、「1」「2」「3」の章分けがなされているから、この順に各章が担当されたのであろう。「日野啓」の担当は「2」の石川達三『悪の愉しさ』（講談社、昭和二十九年六月三十日付発行）と広津和郎『泉へのみち』（朝日新聞社、昭和二十九年七月十五日付発行）とであったと推定される。服部達は、「神経衰弱気味」で執筆困難を申し出、代理に吉本隆明を奥野健男が推挙したのであろう。

『泉へのみち』は「朝日新聞」に『悪の愉しさ』は「読売新聞」に、各々連載された新聞小説を書籍化したものだ。『泉へのみち』は、女子大出の婦人雑誌記者を主人公にしている。「作者の意図」は、「古い因習や家の束縛」「物質的な困難」等に煩わされない状況を設定して、向日的で「真直に健康に〝生の泉〟へとのびてゆく」新しい女性の典型を描くことにあった、と日野啓は推定する。「敗戦」という「犠牲」も、こうした「新しい人間」を産み出す「代償」であったのだ、という「感じ」さえ抱くという。一方『悪の愉しさ』の主人公は、平凡なサラリーマンである。毎日同じ仕事を無意味に「賽の河原で石を積む」ように繰り返している。「作者はこの人物を思い切り平凡で醜悪でいやらしく描いている。」日野啓は、これもまた日本「近代の風景」である、という。『泉へのみち』を「近代の薄っぺらい陽画」だとすれば、『悪の愉しさ』は「薄汚い陰画」だというのだ。「打解の道」は、ない。やがて辿り着いた「泉」が「泥沼」でしかなく、「悪」とは「真に恐るべきもの」と気づいたとき、「新しい可能性が生れる」かもしれないし、「奇蹟が訪れる」かもしれないが、「全然何もない」かもしれない。「それでもいい」「みみっちい四畳半でぬくぬくと尻を落着けている人種」だけは大嫌いだというのである。

十月号の「読書ノート」

「新日本文学」十月号（第九巻第十号、昭和二十九年十月一日付発行）の「読書ノート」は、「新風への道」の標題で、「吉本隆明／日野啓／奥野健男」の順に執筆者名が掲げられ、「1」「2」「3」の章分けがなされている。「日野啓」の担当と推定される「2」では、四つの作品が取り上げられている。これら四つの作品を「日野啓」は、エ・ゲ・カザケーヴィチ著、泉三太郎訳『オーデルの春上巻（ダヴィッド選書）』（ダヴィッド社、昭和二十九年五月十日付発行）、同『オーデルの春下巻（ダヴィッド選書）』（同、昭和二十九年六月十日付発行）、ホワン・エルマーノス著、松浪信三郎訳『希望の終り（ダヴィッド選書)』(ダヴィッド社、昭和二十九年七月一日付発行)、茅盾著、小野忍訳『腐蝕』(筑摩書房、昭和二十九年十月三十日付発行)、アンドレ・スチール著、河合亨訳『最初の衝突第一部基地の人々』(白水社、昭和二十八年九月二十日付発行)、同『最初の衝突第二部大砲の積みおろし』(同、昭和二十九年一月三十日付発行)、同『最初の衝突第三部パリは我らとともに』(同、昭和二十九年八月十五日付発行)などの「書」で読んだのであろう。

　まず、ソヴエト戦後文学の代表作家カザケーヴィチ(Эммануил Генриховиу Казакевич)の『オーデルの春』*Весна на Одере* は、あの戦争が「社会主義の祖国を守る」という「意義」をもち、「歴史の進歩の側に立つ」自分たちは「必ず勝つ」という「確信」に貫かれ、「手放しの明るさ」が全篇に溢れている。一方、エルマーノス(Juan Hermanos)の『希望の終り』*La fine de l'espoin* は、フランコの弾圧下におけるスペインのレジスタンスの「絶望の記録」で、茅盾の『腐蝕』も「国民政府の女スパイの生活を描いて絶望の証言文学」である。日野啓は、『オーデルの春』よりも、『希望の終り』や『腐蝕』に証言された「惨澹たる事実や無念の思いにも堪えうる」「巾と深さ」が欲しいといい、「ソヴエトのものといえば諸手をあげてほめあげる一部のニセ文学者」を批判。自ら「社会の現状に相応したレアリズムの方法をつくりあげねばならない」といい、アンドレ・スティル(André Stil)の『最初の衝突』*Le premier choc* の方法を暗示的だといって紹介している。まず「何人もの登場人物の生活を一見無関係のように並列して押しすすめ、最後でひとつの共通の闘争の場面にしぼってゆく」

映画的な構成法。いまひとつは「作者が登場人物の内部にもぐりこむ。作者とともに読者も小説の中に入りこむ。登場人物とともに読者も考える。」これは、観客を劇の中に参加《アンガジエ》させる「実存主義演劇」に似た方法である。二つの方法によって「登場人物の一人一人が内からと外からと立体的に描かれ、集団全体が立体的に描かれる」というのだ。

『希望の終り』の巻頭に付されたジャン・ポール・サルトルの序文「本書のために」（五〜七頁）を「出色の名文章」と称賛し、『最初の衝突』の紹介では「サルトルたちの実存主義演劇の方法」の有効性を指摘するなど、『存在と無』*L'être et le néant* の著者の文業に強い関心を示していて、人間中心主義の世界観からの脱却の兆しが感受されて目を牽く。

十一月号の「読書ノート」

「新日本文学」十一月号（第九巻第十一号、昭和二十九年十一月一日付発行）の「読書ノート」は、「起伏のある潮流」の標題2で、★印によって区別された二つの文章が「日野啓／奥野健男」の名で掲げられ、各文末には「（日野啓）」「（奥野健男）」の名がある。「日野啓」担当の文章では、三冊の「書」が取り上げられている。

まず、中野重治『むらぎも』（講談社、昭和二十九年八月三十日付発行）。大正と昭和との境い目の頃の東京帝大を舞台に、「新人会」の組織に身を置く安吉を主人公にし、「唯一の正しい青春」を描いている、と日野啓はいうのだ。作者のバックボーンは、「アジアの貧しい農民の、丁度雑草のように根強い心だ」という。「脚は大地に密着し、自分の素足の黙々たる歩み以外を信じない」。「遅々として確実に」「弛緩することない歩みのもつ正しさ」。ここに「西洋人には理解できない」「アジアにおけるコミユニズムの道行きの本質がある」という。この主人公に日野啓は、中村真一郎たちのいう「二十世紀小説」的「シヤレた手法」とは異なる「些細なこともおろそかにしない着実さ」と「自由に感じ考えようとするゆたかな精神」を見るのである。

　そのあと、二人の女流作家の短篇集を取り上げている。『月夜の傘』（筑摩書房、昭和二十九年八月十日付発行）の作者壺井栄は「自分のペースを身につけており、無理な背のびをしていない」と、その「活動ぶり」に「好感」を示している。しかし、「この程度の純粋に女性的で、幾分感傷的な反戦調では、戦争を導くメカニズムの巨大な必然性や、軍国主義者の怒号に対してあまりに無力だ」といい、「女の悲しさ」に「余りもたれかかると、甘さがにじみ出す」と批判している。『黄色い煙』（筑摩書房、昭和二十九年八月二十五日付発行）の作者佐多稲子は、「自分のペース」を定めておらず「腰がすわつていない」。その作品は「モチーフの醱酵が足らない」といい、「もう一度、戦争責任の問題を冷静に自己批判して、それから出直した方がよい」と、作者の「甘え」をきびしく批判している。

　当時の日野啓三の「いかに生くべきか」「われら何をなすべきか」についての考えが、端的に示されている「ノート」といってよかろう。

十二月号の「読書ノート」

「新日本文学」十二月号（第九巻第十二号、昭和二十九年十二月一日付発行）では、「読書ノート」の標題で「服部達／日野啓／奥野健男」の筆者名が掲げられ、各文末にこの三者の名が記されている。

日野啓の文章は、「あるものが意味をもつのは他者との関係においてだけである。」と始められている。当時彼が関心を示していたサルトルの著作の影響を感じさせる。現代における人間にとっての「絶対的な生の意味づけの根拠」は、「神」と「歴史」とで、「神の存在」と「歴史の進歩」とを「神話」としてしか感じられなくなった状態は「絶対的ニヒリズム」で、そこでその人の「人生」は、「意味を失う」というのだ。

三島由紀夫の短篇集『鍵のかかる部屋（昭和名作選5）』（新潮社、昭和二十九年十月十五日付発行）を読むと「行間に研ぎすまされた刃物がちらつく」のをみる思いがし、「世界との温い《（ママ）》関係を未練なく断ち切ろうとする冴え」を感じる、と日野啓はいう。三島由紀夫の小説に必ず「血」が出てくるのは、「世界と自分との紐帯」を、「他の人間との関係」を、「自分の生存の意味を仮託するあらゆるもの」を、「非情」に断ち切るためである。「血」は「覚悟の証」であり、「達成の徴」だという。彼は「石ころや木片をみる」のと同様に「他人を見る」にちがいない、というのだ。最近作『鍵のかかる部屋』には、彼が「完全に無意味な状態」にまで辿りついた「自分の状態」を、「凝視」しはじめた「証拠」がみられる、という。『鍵のかかる部屋』のような「暗すぎる作品」と『潮騒（長篇書き下し叢書4）』（新潮社、昭和二十九年六月十日付発行）のような「明るすぎる作品」とを、「ほぼ同じ頃に書かねばならなくなつたということ」に、彼の「絶望的状態」を感ずると、日野啓はいうのだ。「暗すぎる陽画」と「明るすぎる陰画」との「対象は同一」で、「絶対的ニヒリズム」だというのだ。これは優れた見解である。「絶対的ニヒリズム」とは、換言すれば、「人間」を「主体」とする「世界観」からの脱却ということでもあろう。「人間」にとっての「意味」という色眼鏡をかけて「世界」を見ないで、裸眼で直接に「世界」を見るということだろう。しかし、当時の「日野啓」は、「彼は現代のニヒリズムを最も正しく表現している現代作家のひとりだ」といいながら、彼は「ファシズムの非人間性を否定するに足るような何らかの真実を表現しようとしていない」と「指摘」し「文学とともに人間をも僕は信じたい」と結んでいる。ここで日野啓のいう「真実」とは、「人間」にとっての「意味」であろう。

　同じ叢書の井上靖『末裔（昭和名作選4）』（新潮社、昭和二十九年十月十五日付発行）。三島由紀夫が「すべてを拒もう」「何も信じまい」とするとき、井上靖は「ひとつのものを懸命にかばい守ろう」とし「ひとつのことだけを信じよう」としている。井上靖が守ろうとする「ひとつの真実」とは、「人間の生きる淋しさ」のようなものではないかと、日野啓はいう。井上靖の文学の基礎構造は、短篇「利休の死」によく出ている。秀吉と利休との対立を通して「この世で一番貴いもの」が示されるのだが、「対立のさせ方」が「機械的」だと批判する。井上靖が「ひとつのものを懸命に守ろう」とするのに対し、長谷川四郎の『赤い岩』（みすず書房、昭和二十九年九月三十日付発行）は、「楽々とひとつのことにしか関心を示さない」。井上靖のように「機械的に反撥」したり、長谷川四郎のように「うまくすりぬける」だけでは、作品の感動は弱くかぼそい。その点日野啓は、彼らの「ささやかな人間性」より、むしろ三島由紀夫の「危険な非人間性」の方を好む、というのだ。「実際に作品を読んだとき」のこの「偽らぬ印象」が、やがて日野啓三に、あざやかな転換を示す「三島由紀夫論」（『昭和の作家たちⅢ（現代作家論叢書7）』英宝社、昭和三十年十一月三十日付発行）を執筆させるのである。〈一九五五・八・八、執筆〉のこの稿において日野啓三は、「《いかに生くべきか》とか《われら何をなすべきか》といった風な問いを自らに問うこと」はしないと、「人間」を「主体」とする「世界観」からの脱却を宣言。「自分は果して存在しているのか、という底深い問い」を発して、「路傍の小石や窓外の樹の枝と同じように《それが唯そこに在る》という以上の何の意味も必要としない確実な存在と化したいというささやかな願い」を抱くようになるのだ。

VI 日野啓三の著書

書名	頁数
あの夕陽	179
あの夕陽 牧師館	176
落葉 神の小さな庭で	179, 188
階段のある空	173
還れぬ旅	171
科学の最前線	171
書くことの秘儀	172
風の地平	182
カラスのいる神殿	190
梯の立つ都市 冥府と永遠の花	193
きょうも夢みる者たちは…	175
虚構的時代の虚構	172, 192
虚点の思想	177
幻視の文学	172
孤独の密度	181
砂丘が動くように	190
此岸の家	191
昭和の終焉	179
昭和文学全集30	183
聖家族	177
生活という癒し	187
聖岩 Holy Rock	185
聖なる彼方へ	175
葬	180
創造する心	189
存在の芸術	170, 178, 188
台風の眼	188
魂の光景	185, 189
断崖の年	193
地下へ サイゴンの老人	175
鉄の時代	185, 192
天池	189
天窓のあるガレージ	177, 181, 184
どこでもないどこか	183
都市という新しい自然	182
都市の感触	178
名づけられぬものの岸辺にて	193
日本文学全集21 日野啓三 開高健	173
母のない夜	173
遙かなるものの呼ぶ声	186
光	180
火の海の中の蓮華	190
日野啓三短篇選集上巻	179, 180
日野啓三短篇選集下巻	179, 183
漂泊 北の火	184
不思議な半世紀	174
ベトナム報道	182
蛇のいた場所	176, 180
抱擁	175
向う側	192
迷路の王国	182
モノリス MONOLITH	170, 174
夢の島	187
夢を走る	187
ユーラシアの風景	170
Living Zero	185

ベトナム報道　特派員の証言（いるか叢書3）

昭和四十一（一九六六）年十一月十五日付発行　現代ジャーナリズム出版会　B6判　カバー帯附　装幀栃折久美子　中扉写真十二葉　カバー中扉写真石川文洋、日野啓三　本文9ポ　二七七頁（開高健「痛覚からの出発」三頁　目次二頁）　定価四百八十円

〔収載〕開高健「痛覚からの出発」　序章事実と客観性　第一章空白からの出発　第二章見えない真実　第三章動乱の報道　第四章底流の認識　第五章日本人特派員　第六章〝ベトコン〟とは何か　第七章従軍記者の条件　第八章人民戦争の視点　第九章増大する危機の行方　第十章国際報道の転機　第十一章真実について　あとがき

存在の芸術　廃墟を越えるもの（現代評論選書）

昭和四十二（一九六七）年十一月二十日付発行　南北社　B6判　函・帯附　本文9ポ　二八一頁（目次二頁）　定価六百五十円

〔収載〕序章焼跡について　廃墟論　即物論　存在論的表現論　様式的変貌――現代小説論　存在芸術への道（アンドレ・マルロオと永遠　セザンヌと反人間的　アラン・レネと不条理　ジョン・ケージと不確定性　ドストエフスキーと向う側　大江健三郎と無　ヘンリー・ミラーと熱い抽象　ブルーノ・シュルツと黒い虚構）　状況と地平（終末の端緒　反本格小説　小説と怪物　虚点からの変貌　精神の離陸　亡霊について　祭政一致的文学　無機的時代　読者も変らねばならぬ　非小説への可能性　荒野からのメッセージ　言葉とアンガージュマン）　現代に詩的なるもの　あとがき　作品執筆年度

火の海の中の蓮華　ベトナムは告発する

ニャット・ハン著　日野啓三訳　昭和四十三（一九六八）年五月十日付発行　読売新聞社　B6判　装丁重原保男　表紙写真W・W・P　中扉写真四葉　カット写真石川文洋　本文9ポ　二一三頁（目次三頁）　定価三百二十円

〔収載〕訳者まえがき（訳者）　序章火の海の中の蓮華　第1章戦争と平和（Ⅰ共産主義の進出　Ⅱアメリカの介入　Ⅲ残された道　Ⅳ平和への願い）　第2章歴史的背景（Ⅰベトナムの仏教　Ⅱローマ・カトリック教の渡来　Ⅲ東南アジアにおける仏教と民族主義）　第3章世界の良心に訴える（Ⅰニャット・ハン師をたたえる　Ⅱ欧米旅行でのニャット・ハン師の発言　Ⅲいわゆる〝焼身自殺〟の意義　Ⅳローマ法王パウロ六世への訴え　Ⅴワシントンでの講演　Ⅵ民族解放戦線への呼びかけ　日野啓三「補足―南ベトナムの仏教徒について―（特派記者の目から　生命を賭ける仏教指導者）　訳者略歴　著者紹介

幻視の文学―現実を越えるもの

昭和四十三（一九六八）年十二月二十日付発行　三一書房　B6判　カバー附　カバー図柄デザイン石川勝　本文9ポ　二四八頁（目次二頁）　定価七百八十円

〔収載〕宿命の逆用（不毛からの創造トーマス・マン『ファウスト博士』論　無人境《ノーマンズ・ランド》の美学アンドレ・マルロオ論　転向についてR・M・リルケ論　非在からの復権三島由紀夫論）　逸脱への意志（反現実の道―大江健三郎と反現実　倉橋由美子と抽象小説　福永武彦と古い夢・新しい方法　開高健と言葉への復讐　井上光晴と内なる荒廃　ノーマン・メイラーと〝それ〟　現代文学はどうなるか／幻視の視点―事実と虚構　現実と妄想　思考と幻想　詩と夢と狂気　物と空虚　逸脱の時空間）　根源的ヴィジョン（大岡昇平『野火』論孤独の密度　梅崎春生『幻化』論薄明のヴィジョン　谷崎潤一郎『夢の浮橋』論根源的なるもの　ドストエフスキー『白痴』論永遠の構図）　あとがき　作品執筆年度覚え書

虚点の思想――動乱を越えるもの

昭和四十三（一九六八）年十二月二十五日付発行　永田書房　B6判　函・カバー附　本文9ポ　二五五頁（目次二頁）　定価七百八十円

〔収載〕序章夜明け前の対話　第一部魂の中の動乱（溶けろ、ソウル　終末に光あれ　悪夢の彼方——サイゴンの夜の底で）第二部虚点の黙示録（荒正人論——虚点という地点　埴谷雄高『死霊』論——呪われたものⅠ　大審問官論——呪われたものⅡ　『カラマーゾフの兄弟』論——予言の書　現代文明と抵抗——殺人兵器と知性　ゲリラ的人間論　ＳＦの黙示録）第三部矛盾の構図（歴史と永遠——マルロー『希望』　流血と沈黙——エレンブルグ『嵐』　革命と転向——ケストラー『真昼の暗黒』　戦争と平和——ワイダ『灰とダイヤモンド』　政治と文学——ノーマン・メイラー）　解説的あとがき　作品執筆年度

還れぬ旅　連作小説集

昭和四十六（一九七一）年十月十日付発行　河出書房新社　Ｂ６判　カバー・帯附　本文９ポ　二五一頁（目次一頁）　定価六百八十円

〔収載〕還れぬ旅　めぐらざる夏　喪われた道

虚構的時代の虚構

昭和四十七（一九七二）年九月三十日付発行　冬樹社　Ｂ６判　函・帯附　装幀水木連　本文９ポ　二七六頁（目次二頁）　定価千円

〔収載〕第Ⅰ章手ごたえなき時代（Ⅰ虚構的時代の虚構　Ⅱ象徴なき時代）　第Ⅱ章虚構の原点（Ⅰ私を越える《私》　Ⅱはじめに夢があった　Ⅲ虚空の凝集力埴谷雄高論　Ⅳ夢の中での出会い）　第Ⅲ章言葉による超越（Ⅰ物語るという戦い　Ⅱ増殖する言葉　Ⅲ超越の条件安部公房論　Ⅳ垂直の精神石上玄一郎論　Ⅴ遙なる帰還井上光晴論　Ⅵ新しい空間）　第Ⅳ章創造《つく》られる地平（Ⅰ日常の裂け目　Ⅱ魂のフロンティア　Ⅲ虚構する意志）　講演小説家ドストエフスキーの誕生——『地下生活者の手配』から『罪と罰』へ　あとがき　《主要作品メモ》

此岸の家　最新連作小説集

昭和四十九（一九七四）年八月三十日付発行　河出書房新社　Ｂ６判　カバー・帯附　装幀星襄一　本

文9ポ　二一四頁（目次一頁）　定価八百八十円
〔収載〕此岸の家　雲の橋　浮ぶ部屋　遺《のこ》しえぬ言《ことば》　初出誌一覧

あの夕陽　芥川賞受賞作

昭和五十年（一九七五）年三月三十日付発行　新潮社　B6判　カバー・帯附　装画久保田政子　本文9ポ　二一六頁（目次一頁）　定価八百五十円
〔収載〕あの夕陽　野の果て　無人地帯　対岸　遠い陸橋　私の原風景――あとがきにかえて　初出誌一覧

私のなかの他人　日野啓三エッセイ集

昭和五十（一九七五）年七月三十日付発行　文藝春秋　B6判　カバー・帯附　装画緒方一成・装幀坂田政則　本文9ポ　二〇一頁（目次二頁）　定価九百八十円
〔収載〕Ⅰ枠のない自画像（遠い憂愁　校旗を焼いた日　ヤモリ的な　地下鉄の隅で　四十九年秋　父と子　失われぬもの）　Ⅱ闇のなかの呟き（半人間の悲しみ　創るべき日常　ドーナツの啓示　私のなかの他人　形ないものの影）　Ⅲ出会い（母なるもの――五木寛之のエッセイ　現実という彼岸――安岡章太郎『舌出し天使』　世界を支援せよ――吉行淳之介『花束』　優しさについて――古山高麗雄『蟻の自由』　日常の光――島尾敏雄「引越し」　韓国文学遠望）Ⅳめまいの年の記録（溶けろ、ソウル　光あれ　私はベトナムを見たか）　他人のなかの私――あとがきにかえて　発表掲載紙誌一覧

孤独の密度　日野啓三文芸評論選集

昭和五十（一九七五）年十一月十日付発行　冬樹社　B6判　カバー・帯附　装幀三嶋典東　本文9ポ　二三九頁（目次二頁）　定価千六百円
〔収載〕序天籟について　Ⅰ（焼跡から　即物的ということ　トーマス・マン『ファウスト博士』論――不毛からの創造　三島由紀夫論――存在への渇望　大岡昇平『野火』論――孤独の密度）　Ⅱ（事実と虚

構　物と空虚　梅崎春生『幻化』論――剝き出しの生谷崎潤一郎『夢の浮橋』論――母なるもの）　Ⅲ（夢と文学　井上光晴『海へ行く駅』論――遙かなる帰還埴谷雄高『闇のなかの黒い馬』論――自らうごめくもの）　Ⅳ（ドストエフスキー『地下生活者の手配』『罪と罰』論――現実への憂愁　島尾敏雄『引越し』論――日常の光）　あとがき　初出誌一覧

風の地平

昭和五十一（一九七六）年四月二十日付発行　中央公論社　B6判　カバー・帯附　装幀司修　本文9ポ　二二一頁（目次一頁）　定価九百五十円

〔収載〕ヤモリの部屋　空中庭園　天堂への馬車代霧の参道　彼岸の墓　風の地平　あとがき　発表誌

漂泊　北の火　連作小説集

昭和五十三（一九七八）年五月三十日付発行　河出書房新社　B6判　カバー・帯附　装幀横尾龍彦　本文9ポ　二三三頁（目次一頁）　八百八十円

〔収載〕漂泊　ポンペイの光　北の火　西湖幻々サイゴンの老人　あとがき　初出誌

迷路の王国　私という宇宙風景

昭和五十三（一九七八）年八月二十五日付発行　集英社　B6判　カバー・帯附　装幀辰巳四郎　本文9ポ　二一九頁（目次二頁）　八百八十円

〔収載〕前口上　序章　Ⅰ肉体（体感　第三の眼手　鳥人の夢　痔）　Ⅱ衣食（深夜の牛罐　煙草ネクタイ　レインコート）　Ⅲ部屋（ゴム動力機七輪　ゴムの木　窓　鏡）　Ⅳ家（洋館　土塀　祖父の家　火　天と地の間）　Ⅴ機械（テレタイプ戦車　妄想機械　交換レンズ　艦橋　ロボット）　Ⅵ生きもの（水族館　越境者　夜走るもの　交尾ニワトリのいる風景　ヤモリ　影　龍）　Ⅶ街（天壇　魂の地形　地下都市　地の果て　橋からの眺め迷路電車　踏切　階段）　Ⅷ山河（魔の川　黒い水山　地平の木　雨ぞ降る　どこに還る　雪国）　Ⅸ宇宙（赤い月　ブラック・ホール　渦巻くもの　大

真空　時の曼荼羅　あるがままの夢幻）　終章

鉄の時代

昭和五十四（一九七九）年三月二十五日付発行　文藝春秋　Ｂ６判　カバー・帯附　装幀坂田政則・写真土倉一夫　本文９ポ　二四四頁（目次二頁）　定価千百円

〔収載〕黒い穴　裏階段　空室　廃園　鉄の時代　河口　雲の柱　井戸　軌道　断層　共生　骨肉　逆光　初出誌一覧

風の地平（中公文庫Ａ131）

昭和五十五（一九八〇）年二月十日付発行　中央公論社　Ａ６判　カバー附　カバー司修・表紙扉白井晟一　本文９ポ　二二七頁（目次一頁）　定価三百円

〔収載〕ヤモリの部屋　空中庭園　天堂への馬車代　霧の参道　彼岸の墓　風の地平　解説（川崎洋）

母のない夜

昭和五十五（一九八〇）年三月二十四日付発行　講談社　Ｂ６判　カバー・帯附　装幀司修　本文９ポ　二二一頁（目次一頁）　定価九百八十円

〔収載〕母のない夜（第一章黒い音　第二章枯野の子　第三章血　第四章遠い声　第五章母のない夜　第六章地下　第七章谷間にて　第八章光る影）

蛇のいた場所　日野啓三小説集

昭和五十五（一九八〇）年八月十日付発行　集英社　Ｂ６判　函・帯附　装幀上原哲　本文９ポ　二三六頁（目次一頁）　定価千二百円

〔収載〕赤い月　細胞一個　蛇のいた場所　黒い水　雪女　窓の女神　果ての谷　初出一覧

聖なる彼方へ　わが魂の遍歴

昭和五十六（一九八一）年十二月十日付発行　ＰＨＰ研究所　Ｂ６判　カバー・帯附　装幀亀海昌次　写真五葉・稲村健、左口雄次、福島武撮影　本文９

ポ　二二五頁（目次四頁）　定価千三百円

〔収載〕まえがき——変化の時代の不変のもの　Ⅰ約束の地——大地と神々、そして人間（三つの聖地《ベナレスの夜明け　静かなるポロンナルワ　幻想のカッパドキア》神々の盆地《限りない慈愛の目　時間を超えた別世界　生き女神　怪力乱神》心の森《大自然の声を求めて　心の奥の炎　永遠の中の歴史》黄昏の天国《時よ止まれ　人間の本性に根ざす生気後退　不気味な静けさ　シラける若者たち　マイナスを逆手に》孤独な大陸《感動的な空虚さ　荒野の中の人間的なもの　特有のメートシップ　地霊の巨岩　精神的虚無の直視　大地に帰る前向きの後退　ハッピーな孤立からの脱出》）Ⅱドリーム・タイム——生きる力と創造の根（人間、この全体的なもの　地の底への回帰《鉄と森、あるいは魂の二重性　生命のイメージ　霧の啓示　奥深い場所　地下の家族》開かれた感覚《光への郷愁　父が守ったもの　聖三角形》書くということ《物語としての人生　文体について》）Ⅲ書物という宇宙——われわれを夢みている夢（一冊の書物　閉じた無限《短さの中の豊かさ　「ウルリーク」は三度読み直し給え》内なる彼方《此岸と彼岸の対境　運命の働きと書物　虚無からの創造　自然で自由な空間の展開　存在の根源に及ぶ想像力》永遠に女性なるもの《巫女のいる小宇宙　エロスと日常性》大いなる感触《魂の黒い風土　遠く暗い声》）Ⅳ造化の世界——俳人・森澄雄氏との対談　初出一覧《参考文献》《著作一覧》

抱擁

昭和五十七（一九八二）年二月十日付発行　集英社　B6判　カバー・帯附　装画落田洋子・装幀菊地信義　本文9ポ　二四三頁（目次一頁）　定価九百八十円

〔収載〕長編小説抱擁（第一章洋館　第二章少女　第三章白夜　第四章洪水）あとがき

此岸の家（河出文庫118A）

昭和五十七（一九八二）年四月三日付発行　河出書

房新社　A6判　カバー・帯附　カバー装画小林清子・カバーデザイン粟津潔　本文9ポ　二一二頁〔目次一頁〕　定価三百二十円

〔収載〕此岸の家　雲の橋　浮ぶ部屋　遺《のこ》しえぬ言《ことば》著者ノート大いなる闇の流れ

天窓のあるガレージ

昭和五十七（一九八二）年九月二十九日付発行　福武書店　B6判　カバー・帯附　装幀菊地信義　本文9ポ　二五三頁〔目次一頁〕　定価千三百円

〔収載〕ワルキューレの光　昼と夜の境に立つ樹月の島　天窓のあるガレージ　29歳のよろい戸　夕焼けの黒い鳥　地下都市　渦巻　あとがき　初出誌一覧

科学の最前線

昭和五十七（一九八二）年六月十日付発行　学生社　B6判　カバー・帯附　本文10ポ　一八九頁〔目次六頁〕　定価九百八十円

〔収載〕はじめに　宇宙は爆発する――人類の未来は？〈小尾信彌東大教授との対談〉　生命の神秘――地球上の全生物の遺伝子メカニズムは共通だ！〈渡辺格慶大教授との対談〉　進化する海――陸地と海水は双生児〈星野通平東海大教授との対談〉　光、この無限なる空間の魔術師――人類の未来を光エネルギーで〈戸田盛和横浜国大教授との対談〉　脈動する地球――まだ30歳前の若さ〈竹内均東大名誉教授との対談〉　物質の根源――変幻自在の素粒子たちの美しい〝極微の宇宙〟〈中村誠太郎東海大教授との対談〉　気象のメカニズム――大気も生命の一部だ〈駒林誠理学博士との対談〉　コンピューターは頭脳を超えられるか――人間の能力を改めて自覚する刺激〈品川嘉也京大助教授との対談〉　あとがき

聖家族

昭和五十八（一九八三）年三月二十五日付発行　河出書房新社　B6判　カバー・帯附　装幀原画エドワルド、ムンク「マドンナ」・装幀者巌谷純介　本

文9ポ　二三五頁　定価千三百円
〔収載〕聖家族

日野啓三対談集　**創造する心**

昭和五十八（一九八三）年八月三十一日付発行　読売新聞社　B6判　カバー・帯附　装幀多田進　本文9ポ　二六五頁（目次六頁）　定価千三百円

〔収載〕東山魁夷――生かされて（唐招提寺壁画　憧憬と郷愁　闇の奥なる原点　無常のなかの旅　交感の風景　終生の遍歴徒弟）　東山魁夷――開かれた孤独（見えるものと見えないもの　日本の美と自然　内なるデーモンと外界）　今西錦司――成るがままの世界（全体的であること　母なる自然　自然と生物の交感　サルから人類へ　人間家族、その起源と未来　文明も輪廻《りんね》する　別世界の呼び声）　今西錦司――創造性とは何か（和魂洋才　直観という飛躍）　江上波夫――地平を超える構想力（総合的に組み立てられた騎馬民族説　開かれた血筋と教育　大草原の遊牧世界　オリエントを掘る　ユーラシア大陸のなかの日本　夢うつつの間）　大いなる影――あとがきにかえて　著者紹介

名づけられぬものの岸辺にて　日野啓三主要全評論

昭和五十九（一九八四）年一月十五日付発行　出帆新社　B6判　カバー・帯附　装幀菊地信義　本文9ポ　二七〇頁　定価二千二百円

〔収載〕序章夜明け前の対話　Ⅰ（廃墟論　悪夢の彼方サイゴンの夜の底で　空虚について　夢みる力私にとって文学とは何か）　Ⅱ（不毛からの創造トーマス・マン『ファウスト博士』　存在のニヒリズム三島由紀夫　彼方からの声梅崎春生『幻化』　永劫に自発するもの埴谷雄高『闇のなかの黒い馬』）　Ⅲ（謎の沼のなかでブルーノ・シュルツの幻想短篇　物語るという戦いギュンター・グラス、ロブグリエ、ピオヴェーネ　魂のフロンティアニェメッツ『夜のダイヤモンド』、デニス・ホッパー『イージー・ライダー』　宇宙的な目開高健「歩く影たち」　われわれの時代の神話J・G・バラード　空想の映画館――人は誰でも心のなかにそれぞれの宇宙をもって

いる　冬の光のなかで　終章明日との対話）　あとがき　初出初刊一覧　略歴

あの夕陽（集英社文庫180Ａ）

昭和五十九（一九八四）年二月二十五日付発行　集英社　Ａ6判　カバー・帯附　カバー司修　本文9ポ　二三四頁（目次一頁）　定価二百八十円

〔収載〕あの夕陽　赤い月　蛇のいた場所　黒い水　雪女　果ての谷　解説（奥野健男）　収録作品初出一覧

夢を走る

昭和五十九（一九八四）年十一月二十五日付発行　中央公論社　Ｂ6判　カバー・帯附　装幀薗部雄作　本文9ポ　二〇〇頁　定価千二百円

〔収載〕カラスの見える場所　星の流れが聞こえるとき　ふしぎな球　砂の街　孤独なネコは黒い雪の夢をみる　石の花　夢を走る　初出一覧

夢の島

昭和六十（一九八五）年十月二十一日付発行　講談社　Ｂ6判　カバー・帯附　装幀菊地信義・写真築地仁　本文9ポ　一九七頁　定価千二百円

〔収載〕夢の島（1〜16）　あとがき

砂丘が動くように

昭和六十一（一九八六）年四月二十日付発行　中央公論社　Ｂ6判　カバー・帯附　写真野町和嘉・ブックデザイン田淵裕一　本文9ポ　二六三頁　定価千三百円

〔収載〕砂丘が動くように（1〜3）

昭和の終焉　20世紀諸概念の崩壊と未来（〔贈与の一撃〕叢書2）

辻井喬・日野啓三共著　昭和六十一（一九八六）年九月二十五日付発行　トレヴィル　Ｂ6判　カバー・帯附　装幀戸田ツトム・写真立花義臣　写真八葉　本文9ポ　三一二頁（著者紹介二頁　目次一

頁） 定価千三百円
〔収載〕Part 1 Part 2 Part 3 あとがき（辻井喬） あとがき（日野啓三） 辻井喬著作リスト 日野啓三著作リスト

抱擁（集英社文庫180Ｂ）
昭和六十二（一九八七）年一月二十五日付発行 集英社 Ａ6判 カバー・帯附 カバー落田洋子 本文9ポ 二八〇頁（目次一頁） 定価四百八十円
〔収載〕抱擁（第一章洋館 第二章少女 第三章白夜 第四章洪水） 解説（池澤夏樹）

Living Zero《リビング・ゼロ》
昭和六十二（一九八七）年四月十日付発行 集英社 Ｂ6判 カバー・帯附 装幀菊地信義 本文9ポ 二五四頁（目次二頁） 定価千三百円
〔収載〕Living Zero《リビング・ゼロ》（1空白のある白い町 2放散虫は深夜のレールの上を漂う 3何かが都市にやってくる 4母なる大地？ 5ホワイトアウト 6世界という音――ブライアン・イーノ 7空を生きる 8イメージたちのワルプルギスの夜 9みずから動くもの《自然＝機械＝人間》 10私は私ではない 11球形の悲しみ 12夢の奥に向かって目覚めよ）
あとがき

夢を走る（中公文庫Ａ131－2）
昭和六十二（一九八七）年四月十日付発行 中央公論社 Ａ6判 カバー・帯附 カバー画黒崎俊雄 本文9ポ 二一九頁（目次一頁） 定価三百四十円
〔収載〕カラスの見える場所 星の流れが聞こえるとき ふしぎな球 砂の街 石の花 孤独なネコは黒い夢をみる 夢を走る 解説（池澤夏樹） 初出一覧

葬（日本の名随筆55）
日野啓三編 昭和六十二（一九八七）年五月二十五日付発行 作品社 Ｂ6判 カバー附 装丁菊地信義 〈口絵〉沖縄の亀甲型墓撮影芳賀日出雄 本文

9ポ　二五三頁（目次四頁）　定価千八百円
〔収載〕友を喪《うしな》ふ四章（三好達治）　母の戒名（水上勉）　お葬式（萩原葉子）　父母追想（岡本太郎）　通夜（星由里子）　ある夫妻の死（八木義徳）　死とその周囲（里見弴）　うれしくて、うれしくて（藤原てい）　幸子の碑（細見綾子）　旧友の死（辰野隆）　死別（加藤周一）　よろめき葬送記（大岡昇平）　猫の墓（夏目漱石）　葬儀記（芥川龍之介）　死の家（吉田一穂）　ああ吉田一穂先生（加藤郁乎）　小勝を弔ふ（久保田万太郎）　葬式（徳富健次郎）　一葉と母の香典帳（和田芳恵）　弔花（高見順）　通夜の靴（宇野信夫）　外村繁君の死（川崎長太郎）　人の生き死に（安岡章太郎）　葬式修業（江田三郎）　野の墓（岩本素白）　椰子蟹と風葬（谷川健一）　奄美の墓のかたち（島尾敏雄）　古墳（堀辰雄）　葬送儀礼を通じてみられる霊魂の行方（最上孝敬）　葬送抄（久野昭）　仏壇屋繁昌記（江藤淳）　墓のある場所（新藤兼人）　墓標（福原麟太郎）　死亡広告で知らされるわが老齢（富士正晴）　器用な終り方（串田孫一）　墓（正岡子規）　私の葬式（吉行淳之介）　あとがき（日野啓三）　執筆者紹介・葬随筆ブックガイド

天窓のあるガレージ（福武文庫ひ0301）
昭和六十二（一九八七）年七月十五日付発行　福武書店　A6判　カバー・帯附　装幀菊地信義・カバー写真白田利夫　本文9ポ　二四九頁（目次一頁）　定価五百五十円
〔収載〕地下都市　昼と夜の境に立つ樹　ワルキューレの光　渦巻　29歳のよろい戸　天窓のあるガレージ　夕焼けの黒い鳥　文庫版あとがき　解説（菊田均）

階段のある空
昭和六十二（一九八七）年八月二十日付発行　文藝春秋　B6判　カバー・帯附　装幀遠藤享　本文9ポ　二一九頁（目次一頁）　定価千二百円
〔収載〕火口湖　階段のある空　消えてゆく風景

ふしぎな影　鏡面界　風を讃えよ　七千万年の夜警　腐蝕する街　あとがき　初出誌

鼎談
不思議な半世紀　我々はこの時代を生きた

中村雄二郎・日高晋・日野啓三共著　昭和六十二（一九八七）年十二月二十五日付発行　創樹社　B6判　カバー・帯附　装画岡崎乾二郎・写真中村英良　写真「鼎談風景」八葉　本文8ポ　三〇八頁（目次三頁）　定価千八百円

〔収載〕鼎談1戦後40年の見取図——日高晋の報告をめぐって　鼎談2日本の戦後の文学——日野啓三の報告をめぐって　鼎談3歴史社会と「ポスト歴史」社会——中村雄二郎の報告をめぐって　鼎談4日本人の精神史——日高晋の報告をめぐって　鼎談5自分史のなかの自然観——日野啓三の報告をめぐって　鼎談6哲学の戦後と脱戦後——中村雄二郎の報告をめぐって　鼎談「不思議な半世紀」を終えて——「あとがき」に代えて（中村雄二郎）

きょうも夢みる者たちは……

昭和六十三（一九八八）年二月十日付発行　新潮社　B6判　カバー・帯附　装画安藤忠雄　本文9ポ　一九一頁（目次一頁）　定価千百円

〔収載〕ランナーズ・ハイ　光る荒地　あとがき　初出誌

都市の感触

昭和六十三（一九八八）年二月二十五日付発行　講談社　B6判　カバー・帯附　装幀戸田ツトム　本文9ポ　二二八頁（目次二頁）　定価千四百円

〔収載〕都市の感触（地下のしみ　白と黒　閉じこめられて　亀裂よ走れ　見えない時代　日常という夢　ヴューアーズ・ハイ　においのない風景　ニュートラルな音　めぐるもの　新しい連関　イルカは跳んだ）　あとがき

向う側

昭和六十三（一九八八）年二月二十九日付発行　成

瀬書房　A5判　モヘア装帙函入　マーブル装表紙製作五島良一　毛筆署名・落款　本文5号　一四九頁（目次一頁）　定価三万五千円　限定一一三部番号入

〔収載〕向う側　あの夕陽　〝向う側〟ということ

発表雑誌

昭和文学全集30

清岡卓行・上田三四二・高橋たか子・竹西寛子・日野啓三・後藤明生・高井有一・坂上弘・阿部昭共著

昭和六十三（一九八八）年五月一日付発行　小学館　A5判　函・帯附　口絵写真緑川洋一・作家アルバム「日野啓三」撮影新潮社写真部　写真口絵一葉・作家アルバム八葉　本文9ポ　一〇三八頁（目次四頁）　定価四千円

〔収載〕焼跡について　あの夕陽　天窓のあるガレージ　夢の島　日野啓三・人と作品（川本三郎）　日野啓三年譜（日野啓三編）　底本について

夢の島（講談社文芸文庫）

昭和六十三（一九八八）年五月十日付発行　講談社　A6判　カバー・帯附　デザイン菊地信義　写真九葉　本文9ポ　二二二頁（目次一頁）　定価五百円

〔収載〕夢の島（1〜16）　あとがき　著者から読者へ『夢の島』へ　解説廃墟について（三浦雅士）　作家案内――日野啓三（日高昭二）　著書目録――日野啓三

都市という新しい自然

昭和六十三（一九八八）年八月二十二日付発行　読売新聞社　B6判　カバー・帯附　装幀菊地信義・口絵本文写真日野啓三　写真口絵一葉本文十二葉　本文9ポ　二六二頁（目次四頁）　定価千四百円

〔収載〕Ⅰ（廃墟のコスモロジー）　Ⅱ（私にとって都市も自然だ　都市は廃墟をはらんでいる　「都会」から「都市」へ　自己増殖する鉱物都市　尖鋭化する夢の空間　幻想を生きる場所　東京が見えなくなる）　Ⅲ（感性アップの時代　新しい視覚　創造的

なほど錯乱的な　エイズを呼び出したもの　ＡＩ（人工知能）の不気味な魅力　自然の筋目を縫って——ボイジャー機の世界一周記録）Ⅳ（いま人類の意識の変容が始まっている　大地なき時代の神話——Ｊ・Ｇ・バラード　意識が現実をつくる——フィリップ・Ｋ・ディック　新しい空間——ウィリアム・ギブスン『ニューロマンサー』　タルコフスキーの〝世界感覚〟冥府からの贈り物——ムンク　虚無よりの虚構——中島敦「文字禍」など　実存的冷気——坂口安吾　無にさらされて——梅崎春生『幻化』）Ⅴ（〝向う側〟ということ（処女作「向う側」）　大いなる闇の流れ（短篇連作『此岸の家』）　内なる洋館（長篇『抱擁』）　〝私〟が消えた（短篇集『天窓のあるガレージ』）　埋立地の物語（長篇『夢の島』））Ⅵ（砂漠——究極の風景）　あとがき　初出一覧　日野啓三・主要著作

砂丘が動くように（中央文庫Ａ131-3）

平成二（一九九〇）年三月十日付発行　中央公論社　Ａ６判　カバー・帯附　カバー画黒崎俊雄　本文9ポ　二六八夏（目次一頁）　定価四百二十円

〔収載〕砂丘が動くように（1〜3　Epilogue）　解説（池澤夏樹）

モノリス *MONOLITH*

平成二（一九九〇）年六月二十五日付発行　トレヴィル　Ｂ６判　帯附　写真稲越功一・装幀伊丹友広・荘司邦昭　本文9ポ　一五四頁（目次三頁）　写真八頁　定価千六百十八円（本体千六百円　税十八円）

〔収載〕Ⅰ．地の果てで　Ⅱ．黒衣の男たちの谷　Ⅲ．ごみを捨てにゆくとき　Ⅳ．森の黙示録　Ⅴ．細胞たちの森　Ⅵ．青い沼　Ⅶ．聖なる形　Ⅷ．都市が自然を呼び寄せる1　Ⅸ．都市が自然を呼び寄せる2　Ⅹ．ヒヒ関係　Ⅺ．冬の光　Ⅻ．月を見上げて　あとがき　日野啓三（ヒノ・ケイゾウ）

どこでもないどこか

平成二（一九九〇）年九月十七日付発行　福武書店

B6判　カバー・帯附　カバー写真野町和嘉・装幀山崎英樹　本文9ポ　二一三頁（目次三頁）　定価千三百円（本体千二百六十二円）

〔収載〕序詞　背後には何もないか　ここはアビシニア　林でない林　メランコリックなオブジェ　黒い天使　岸辺にて　あとがき　初出誌一覧　日野啓三（ひの・けいぞう）

断崖の年

平成四（一九九二）年二月七日付発行　中央公論社　B6判　カバー・帯附　装画黒崎俊雄・装幀中島かほる　本文9ポ　二八一頁（目次一頁）　定価千三百円（本体千二百六十二円）

〔収載〕断崖の年（東京タワーが救いだった　牧師館　屋上の影たち　断崖の白い掌の群　雲海の裂け目）　あとがき　初出誌一覧

台風の眼

平成五（一九九三）年七月十日付発行　新潮社　B6判　函・帯附　装画門坂流・装幀新潮社装幀室　本文9ポ　二七七頁　定価千六百円（本体千五百五十三円）

〔収載〕台風の眼（序章　1　2　3　4　5　6　7　8　9　10　11　12　13　14　15　16　17　終章）　著者紹介

聖岩　*Holy Rock*

平成七（一九九五）年十一月七日付発行　中央公論社　B6判　カバー・帯附　本文9ポ　二一三頁（目次三頁）　定価千六百円（本体千五百五十三円）

〔収載〕プロローグ心の隅の小さな風景（ポプラ　オアシス　踏切）　聖岩（塩塊　聖岩　幻影と記号　古都　遙かなるものの呼ぶ声　カラスのいる神殿　石を運ぶ　火星の青い花）　あとがき　初出紙誌一覧

光　読売文学賞受賞

平成七（一九九五）年十一月三十日付発行　文藝春

秋B6判　カバー・帯附　装画宇佐美圭司　本文9ポ四一四頁（目次一頁）　定価千九百円（本体千八百四十五円）

〔収載〕光（第一部帰ってきた男　第二部魂の地下エピローグ）

流砂の声

平成八（一九九六）年二月十八日付発行　読売新聞社　B6判　カバー・帯附　装幀重原隆　本文9ポ二九九頁（目次四頁）　定価千六百円（本体千五百五十三円）

〔収載〕Ⅰ「流砂の遠近法」一九九三〜九五年（一九九三年《大地から砂へ　世界には奥行きがある　正常に戻るということ》一九九四年《雪原に射す未来の影　「本日分終了」　心に深く残るもの　大いなる意識下の流れ　もうひとつの戦い　ハゲワシと飢えた少女　雑草よ　閉鎖空間　沖縄の白い城壁》一九九五年《冬至―再生の日　死者たちの列が語りかけるもの　脅《おびや》かされる現実感覚　暗い拡大鏡　梅雨の晴れ間　戦後五十年　地方の女性たちの力　第二の焼け跡の時代　身体という自然　「自由競争」》）Ⅱ恐怖と知恵（未来《ジュール・ヴェルヌ『二十世紀のパリ』　レスター・R・ブラウン、ハル・ケイン『飢餓の世紀』　松井孝典編『最後の選択』　ベッシー・ヘッド『マル』　トニ・モリスン『ソロモンの歌』　保坂和志『この人の閾』》　神《カレン・アームストロング『神の歴史』　バートン・L・マック『失われた福音書』　フィリップ・フォール『天使とはなにか』　K・A・ケドロフ『星の書物』》自然《V・G・ラスプーチン『マチョーラとの別れ』　テリー・T・ウィリアムス『鳥と砂漠と湖と』　ナンシー・ウッド『今日は死ぬのにもってこいの日』　ブルース・チャトウィン『ソングライン』　ル・クレジオ『パワナ』》　ひと《中薗英助『鳥居龍蔵伝』　辺見庸『もの食う人びと』　一ノ瀬清二編『一ノ瀬泰造　職場に消えたカメラマン』》）　Ⅲ対談「極北インディアンの精神世界」文化人類学者　原ひろ子氏と　Ⅳ文学的独想（変質する東京のイメージ―

都市の神話　荒川　存在の夜　言葉とは何か―〝そこ〟について　詩について考えることで触発された小説家の独想）　Ⅴ敬愛する作品とひと（中島敦存在の不確かさあるいは文学という恩寵　安岡章太郎『月は東に』現実に曝《さら》されるということ　吉行淳之介追悼虚構に光る細胞　キリコとムンク　ブルーノ・シュルツ　丸山圭三郎　ドストエフスキーの謎の一節）　あとがき　日野啓三（ひの・けいぞう）

生活という癒し

日野啓三・広田靚子・下重暁子・石川九楊共著　平成八（一九九六）年九月三十日付発行　ポーラ文化研究所　B6判　カバー・帯附　編集岡林みどり　デザイン信東社　本文10ポ　二六五頁（目次五頁）　定価千四百円（本体千三百六十円）

〔収載〕はじめに（ポーラ文化研究所）　第一章考える（一、気分と想起《言葉の発生　文字のない「書き言葉」　書き言葉の魅力　言葉は手段ではない　体験の熟成》　二、意識と身体《身体の声　光に向かう身体　身体の自律体　身体という自然　自然とともに死ぬ　男の身体／女の意識》）　結び―セミナーの記録と謝辞（ポーラ文化研究所）

日野啓三短編選集　上巻

平成八（一九九六）年十二月十一日付発行　読売新聞社　B6判　カバー・帯附　装幀重原隆　本文9ポ　二八八頁（目次三頁）　定価千九百円（本体千八百四十五円）

〔収載〕向う側　此岸の家　聖家族　天窓のあるガレージ　夢を走る　孤独なネコは黒い雪の夢を見る　七千万年の夜警　鏡面界　風を讃えよ　初出一覧　日野啓三（ひの・けいぞう）

日野啓三短編選集　下巻

平成八（一九九六）年十二月十一日付発行　読売新聞社　B6判　カバー・帯附　装幀重原隆　本文9ポ　二九六頁（目次三頁）　定価千九百円（本体千八百四十五円）

〔収載〕光る荒地　林が林でなくなるとき　黒い天使　牧師館　断崖にゆらめく白い掌の群　火星の青い花　古都　初出一覧　あとがき―覚え書き風に　解説彼岸へ渡る契機（池澤夏樹）　著作リスト　日野啓三（ひの・けいぞう）

台風の眼（新潮文庫ひ16１）

平成九（一九九七）年二月一日付発行　新潮社　A6判　カバー・帯附　デザイン新潮社装幀室　本文9ポ　二九六頁　定価四百四十円（本体四百二十七円）

〔収載〕台風の眼（序章　1　2　3　4　5　6　7　8　9　10　11　12　13　14　15　16　17　終章）水を球にまるめる（川村湊）

砂丘が動くように（講談社文芸文庫ひA２）

平成十（一九九八）年五月十日付発行　講談社　A6判　カバー　デザイン菊地信義　本文9ポ　二九五頁（目次一頁）定価本体九百八十円（税別）

〔収載〕砂丘が動くように（1　2　3　Epilogue）著者から読者へ／砂について　解説／文学が終わり、世界それ自体が始まる（保坂和志）　年譜―日野啓三（日野啓三記）　著書目録―日野啓三（著者作成）

日野啓三　自撰エッセイ集　**魂の光景**

平成十（一九九八）年十二月二十一日付発行　集英社　B6判　カバー・帯附　写真中野義樹・装幀木村裕治　本文9ポ　二七八頁（目次四頁）　定価本体二千円＋税

〔収載〕Ⅰ（焼け跡について　溶けろ、ソウル　悪夢の彼方―ベトナムの夜の底で　空虚と物）Ⅱ（〈私〉という宇宙誌《心の中の宇宙　赤い月　レインコート　ニワトリのいる風景　テレタイプ　石段　迷路電車　影《ゴースト》　ブラック・ホール　開かれた盆地　夢の奥に目覚めるように》　夢より深い夢―埴谷雄高『闇のなかの黒い馬』）Ⅲ（冬の光のなかで　地下鉄のしみ　メタモルフォーゼ《黒衣の男たちの谷　内なる青い沼　光への憧れ　月を見上げて》　イルカは跳んだ―ある感触） Ⅳ（断崖にゆらめく白い掌の群 文学という恩寵―中島敦 書くことの秘儀―マルグリット・デュラス『愛人《ラマン》』 存在の夜 光の光 魂の光景（《ポプラ 廃墟 世界の中心 砂漠 石棺の女神 野の果ての小さな教会 ブラームス 踏切》） あとがき 主要著作リスト 著者略歴

天池 長編小説

平成十一（一九九九）年五月二十五日付発行 講談社 B6判 カバー・帯附 装幀山崎英樹・装画難波田龍起 本文9ポ 三四二頁（目次三頁） 定価本体二千円（税別）

〔収載〕天池（Ⅰ夜は山をのぼる Ⅱそれぞれの湖 Ⅲ傷 Ⅳふたりはひとりではない Ⅴ目を覚ませ Ⅵ静寂の奥行 Ⅶ光る闇 Epilogue） あとがき 引用文献 参考文献 日野啓三（ひの・けいぞう）

断崖の年（中公文庫ひ34）

平成十一（一九九九）年九月十八日付発行 中央公論新社 A6判 カバー附 カバーデザイン・写真東幸央 本文9ポ 一八三頁（目次一頁） 定価本体六百二十九円＋税

〔収載〕断崖の年（東京タワーが救いだった 牧師館 屋上の影たち 断崖にゆらめく白い掌の群 雲海の裂け目） 単行本あとがき

創造する心 日野啓三対談集

平成十三（二〇〇一）年二月二十五日付発行 雲母《きらら》書房 B6判 カバー・帯附 本文9ポ 二八三頁（目次三頁） 定価本体千八百円＋税

〔収載〕Ⅰ部―創造する心（生かされて◎東山魁夷 成るがままの世界◎今西錦司 創造性とは何◎今西錦司 地平線を越える構想力◎江上波夫） Ⅱ部―創造する病（死について◎柄谷行人 記憶する身体、飛翔する意識◎三木卓 ソウルの富士山◎保坂和志） あとがき 日野啓三（ひの・けいぞう）

遙かなるものの呼ぶ声（中公文庫ひ35）

平成十三（二〇〇一）年三月二十五日付発行　中央公論新社　A6判　カバー附　カバー写真渡辺眸　本文9ポ　一八九頁（目次一頁）　定価本体六百六十七円＋税

〔収載〕遙かなるものの呼ぶ声（示現《エピファニー》月光のエアーズ・ロック　聖記号カッパドキア岩窟群　遙かなるものの呼ぶ声タクラマカン砂漠　古都美と暴力と　カラスのいる神殿慶応義塾大学病院　顔のない「私」秋田大湯　環状列石《ストーン・サークル》　火星の青い花）世界ということ―単行本あとがき　世界は荒涼と美しい――文庫版あとがき

梯の立つ都市　冥府と永遠の花　最新作品集

平成十三（二〇〇一）年五月三十日付発行　集英社　B6判　カバー・帯附　装幀菊地信義　本文9ポ　一八八頁（目次三頁）　定価本体千七百円＋税

〔収載〕梯の立つ都市　冥府と永遠の花（黒よりも黒く　先住者たちへの敬意　闇の白鳥　梯《きざはし》の立つ都市《まち》　踏切　冥府と永遠の花　ここは地の涯て、ここで踊れ　大塩湖《グレートソルトレーク》から来た女性）あとがき〔初出〕

短編集　**落葉　神の小さな庭で**　最新作品集

平成十四（二〇〇二）年五月十日付発行　集英社　B6判　カバー・帯附　装幀菊地信義・カバー写真松永伍一、二重作暉　本文9ポ　二三〇頁（目次三頁）定価本体千八百円＋税

〔収載〕落葉　風が哭く　薄青く震える秋の光の中で　日中手話親善大会　迷宮庭園　ある微笑　デジャ・ヴュー　背理の感触　生成無限―転生の賦　黒い音符　帰郷　帰郷（続）新たなマンハッタン風景を　神の小さな庭で　あとがき―世界が書くのだ

〔初出〕日野啓三（ひの・けいぞう）

ユーラシアの風景　世界の記憶を辿る

平成十四（二〇〇二）年八月二十日付発行　ユーラシア旅行社　四六判変型　カバー・帯附　カバー写

真日野啓三・本文写真日野啓三・装幀三浦尚子　本文12ポ　一八一頁（目次三頁）　定価本体千七百円＋税

〔収載〕ユーラシアの風景（美し過ぎる幻想の地―オアシス都市シラーズ　天に向かって立つ岩と魂―カッパドキア　野の果ての白い教会　極北の湖の岸で　タクラマカン、光輝く静寂の土地の魔法　黄河　エフェソス　ベナレス、畏るべき場所　エローラの飛天女、反重力の夢　カトマンズの摩訶不思議　メコンデルタの広がりの中で　亡霊の呼ぶ声　トルコで出会った、遠い記憶のままの風景　五月の杭州、美しき西湖　ヤルタ、黒い海のざわめき　ロシアの畏るべき自然と人間　ホータンのポプラと湖　白い崖の上の廃墟　東京　パタンの窓　カレリアの女案内人　エアーズロック―中心の秘儀　巨大さの謎　魂の宇宙の静かな光　古城の恐怖と魅力　精神的儀式としての戦争　文明の没落　黄金伝説　ふたりの女神　理想郷　海―その深さの魅惑と恐怖　変化の兆し　色美しく「恋の秘儀」とディオティマ家―心の宇宙の中心　〝明日〟を食べる　孔子も春服を愛した　世界肯定・宇宙讃歌の営み　始原の熱気の凝縮点　森の暗い力　砂漠―光と静寂の中の真実　もっとも深く微妙な感覚　自然と人工の極み　喫茶の習慣　北欧の奥行き）　あとがきに代えて日野啓三氏に聞く新しいヒューマニズム（聞き手・佐伯剛）　解説世界の深層を映す八五ミリレンズの眼差し（佐伯剛）

あの夕陽　牧師館　日野啓三短編小説集（講談社文芸文庫ひＡ3）

平成十四（二〇〇二）年十月十日付発行　講談社　Ａ6判　カバー・帯附　デザイン菊地信義　本文9ポ　二三八頁（目次一頁）　定価本体千二百円（税別）

〔収載〕向う側　あの夕陽　蛇のいた場所　星の流れが聞こえるとき　風を讃えよ　ここはアビシニア　牧師館　示現《エピファニー》　月光のエアーズ・ロック　解説彼岸から吹く風（池澤夏樹）　日野啓三（ひの・けいぞう）

書くことの秘儀　遺作文学論

平成十五（二〇〇三）年一月三十日付発行　集英社　Ｂ６判　カバー・帯附　装幀菊地信義・装画波多野光　本文９ポ　二八九頁（目次三頁）　定価本体千七百円＋税

〔収載〕書くことの秘儀（はじめに　忘却の川　前世の記憶　初めに怖れがあった　森の中で　人間に成る　呪術的儀式　神話的思考　歴史の裂け目　書くことの秘儀―マルグリット・デュラス『愛人《ラマン》』〔初出〕日野啓三（ひの・けいぞう）

天窓のあるガレージ（ふくやま文学館所蔵資料シリーズ『福山の文学』第７集）

平成十七（二〇〇五）年十月十四日付発行　ふくやま文学館　Ａ４判　表紙デザイン鋭之介日野　本文９ポ　四三頁（目次一頁）

〔収載〕解説―「天窓のあるガレージ」について（磯貝英夫）「天窓のあるガレージ」原稿（写真四十三葉）福武書店版「天窓のあるガレージ」福武書店版読売新聞社版「天窓のあるガレージ」主要異同表

台風の眼（講談社文芸文庫ひＡ４）

平成二十一（二〇〇九）年二月十日付発行　講談社　Ａ６判　カバー・帯附　デザイン菊池信義　本文９ポ　三四五頁（目次一頁）　定価本体千五百円（税別）

〔収載〕台風の眼　解説生成し、転移する「台風の眼」―日野啓三の「ゴースト」（鈴村和成）年譜―日野啓三（編集部）　著作目録―日野啓三（編集部）

ベトナム報道（講談社文芸文庫ひＡ５）

平成二十四（二〇一二）年一月十日付発行　講談社　Ａ６判　カバー・帯附　デザイン菊池信義　本文９ポ　三一二頁（目次二頁）　定価本体千五百円（税別）

〔収載〕開高健「痛覚からの出発」　序章事実と客観性　第一章空白からの出発　第二章見えない真実

第三章動乱の報道　第四章底流の認識　第五章日本人特派員　第六章〝ベトコン〟とは何か　第七章従軍記者の条件　第八章人民戦争の視点　第九章増大する危機の行方　第十章国際報道の転機　第十一章真実について　あとがき　ヴェトナム戦争と日本の報道関連略年表（作成小川卓）年譜―日野啓三（編集部）著書目録―日野啓三（編集部）

カラスのいる神殿（原題「世界の同意」）（ふくやま文学館所蔵資料シリーズ『福山の文学』第14集）

平成二十五（二〇一三）年二月十五日付発行　ふくやま文学館　Ａ４版　本文10ポ　三三頁（目次一頁）

（収載）日野啓三「カラスのいる神殿」―まえがき―（皿海達哉）「世界の同意」原稿（写葉二十七葉）カラスのいる神殿「世界の同意」・「カラスのいる神殿」異同表「カラスのいる神殿」「カラスのいる神殿　慶応義塾大学病院」異同表　解題（小野雲母子）

地下へ　サイゴンの老人　ベトナム全短篇集（講談社文芸文庫ひＡ６）

平成二十五（二〇一三）年八月九日付発行　講談社　Ａ６判　カバー・帯附　デザイン菊池信義　本文９ポ　三四五頁（目次二頁）定価本体千六百円（税別）

（収載）Ⅰ（向う側　広場　炎　地下へ　デルタにて　対岸　ヤモリの部屋　サイゴンの老人　林でない林）Ⅱ（悪夢の彼方―ベトナムの夜の底で「向う側」ということ）解説ベトナムから、遠く、遠く、離れて（川村湊）年譜―日野啓三（編集部）著書目録―日野啓三（編集部）

日本文学全集21（池澤夏樹個人編集）**日野啓三　開高健**

日野啓三・開高健共著　平成二十七（二〇一五）年八月三十日付発行　河出書房新社　カバー・帯附

帯装画ダヤニータ・シン　装幀位々木暁　本文9ポ五五六頁（目次二頁）　定価本体三二〇〇円（税別）
〔収載〕向う側　広場　ふしぎな球　牧師館　空白のある白い町　放散虫は深夜のレールの上を漂うホワイトアウト　世界という音―ブライアン・イーノ　イメージたちのワルプスギルの夜　みずから動くもの（自然＝機械＝人間）　球形の悲しみ　〝ベトコン〟とは何か　解説（池澤夏樹）　日野啓三年譜初収　底本・表記について
奥泉光「開高VS日野」（「日本文学全集21月報」）

Ⅶ　日野啓三創作一覧稿

作品名	頁数
あゝ霊魂	209
赤い月	200
あの夕陽	199
石の年	199
石の花	205
井戸	201
インターゾーン	212 213 214
羽化	204
浮ぶ部屋	199
喪われた道	198
薄青く震える光の中で	218
渦巻	203
俯く像	204
裏階段	200
雲海の裂け目	210
永劫の図	197
塩塊	214
オアシスの園で	212
大いなる影	205
往還	201
屋上の影たち	210
還れぬ旅	198
顔のない私	212
鏡の高原	206
影の部分	202
河口	201
火口湖	204
火星の青い花	212
風の地平	199
風を讃えよ	207
カラスの見える場所	204
枯野の子	202
岸辺にて	208
北の火	200
軌道	201
逆光	201
境界にて	215
共生	201
空室	200
空中庭園	200
草	204
雲の橋	199
雲の柱	201
暗い穴	201
暗い参道	199
黒い音	201
黒い天使	209
黒い水	202
黒よりも黒く	215
幻影と記号	213
ここで踊れ	216
ここはアビシニア	209
骨肉	201
古都	214

孤独なネコは黒い雪の夢をみる　205

サイゴンの老人　200
砂丘が動くように　205 206 207
此岸の家　198
島　203
十月の光　216
白い闇　202
砂の街　205
聖家族　203 204
聖岩　213
西湖幻幻　200
精霊の降りてくる道　217
世界の同意　211
先住者たち　214
空の階段　205

対岸　199
台地　201
台風の眼　210 211 212
谷間　202
断崖の白い掌の群　210
断層　201
地下都市　202
地下へ　198
つねに最後の春　204

出あいの風景　214
鉄の時代　201
デルタにて　198
天使のささやき　209
天池　215 216 217
天堂への馬車代　199
天窓のあるガレージ　203
同志　197
遠い陸橋　199
時がなだれる　208
どこでもないところ　198

七千万の夜警　207
29歳のよろい戸　203
遺しえぬ言　198
野の果て　199

背後には何もないか　209
方舟　203
梯の立つ街　215
果ての谷　201
母のない夜　202
林でない林　209
遥かなるものの呼ぶ声　213
秘園　202
光る荒地　208

光る影　202
光る輪　207
彼岸の墓　200
飛天女　203
白夜　203
漂泊　200
昼と夜の境に立つ樹　202
ビルの消えた日　205
広場　197
ふしぎな球　204
ふたつの千年紀の狭間で　217 218
踏切　215
文明季評　209
蛇のいた場所　200
牧師館　210
星の流れが聞こえる家　205
炎　198
ポンペイの光　200

窓の女　201
窓を想像せよ　208
向う側　197 203 205
無人地帯　198
めぐらざる夏　198
メランコリックなオブジェ　209
森が生きるように　209

森をめぐる小さな物語　209
闇ありき　200
闇の誘い　207
闇の白鳥　215
ヤモリのいる部屋　199
夕焼けの黒い鳥　203
雪女　202
夢の島　206
夢を走る　205
ランナーズ・ハイ　208
立体交差　202
Living Zero　207 208
ワルキューレの光　203
われらの世界　211
ONCE UPON A TIME IN TOKYO　208

この拙稿は、日野啓三の文学的業績を将来に伝え遺したいという想いと、将来出現するだろう、日野啓三の文学的業績の優れた研究者のために、僅かでも基礎資料を整備しておきたいという想いとの、二つの想いから編んだ。遺漏等気付かれる事があれば、ご教示戴ければ幸いである。記載は次の順とした。但し、創作標題名・発表誌紙名等の表記は新字体に統一している。

発表時創作標題名・発表誌紙名・巻号数、月号等・発行日付・収載頁・末尾の記録・所載欄・その他の記録。

昭和二十三（一九四八）年

永劫の図・向陵時報・第百六十四号・八月一日付発行・1面・「創作」欄

同志・向陵時報・第百六十五号・十一月三十日付発行・3面・「文芸」欄

昭和四十一（一九六六）年

向う側・季刊審美・第二号・三月二十五日付発行・72〜85頁・「創作」欄・署名「野火啓」

広場・南北・創刊号、七月号・七月一日付発行・24〜43頁・「小説」欄

炎・三田文学・第五十三巻第四号、十一月号・十一月一日付発行・86〜90頁・「短篇特集」欄

昭和四十三（一九六八）年

地下へ・文芸・第七巻第九号、十二月号・十二月一日付発行・10〜39頁・末尾に「(了)」・「創作」欄・「目次」に「一〇〇枚」

昭和四十四（一九六九）年

デルタにて・文芸・第八巻第八号、八月号・八月一日付発行・32〜47頁・末尾に「(了)」・「目次」に「五〇枚」

昭和四十五（一九七〇）年

どこでもないところ・週刊アンポ・第五号、一月十二日号・一月十二日付発行・頁付けなし2頁分・末尾に「(おわり)」・「え・山口はるみ」

還れぬ旅・文芸・第九巻第七号、七月号・七月一日付発行・10〜57頁・末尾に「(了)」・「創作」欄・「目次」に「一四〇枚」

めぐらざる夏・文学界・第二十四巻第十号、十月号・十月一日付発行・102〜141頁・「特集　中篇小説四人集」欄・「目次」に「〈一五〇枚〉」

昭和四十六（一九七一）年

喪われた道・文芸・第十巻第五号、五月号・五月一日付発行・10〜43頁・末尾に「(了)」

昭和四十七（一九七二）年

無人地帯・文学界・第二十六巻第五号、五月号・五月一日付発行・92〜135頁・末尾に「〈了〉」

昭和四十八（一九七三）年

遺《のこ》しえぬ言《ことば》・季刊芸術・春、第七巻第二号、通巻第二十五号・四月一日付発行・226〜236頁・末尾に「(了)」

此岸の家・文芸・第十二巻第八号、八月号・八月一日付発行・10〜39頁・末尾に「(了)」・「創作」

欄・「目次」に「九〇枚」

対岸・季刊審美・第十六終刊号・十一月十五日付発行・189～194頁・末尾に「〈追記〉」

昭和四十九（一九七四）年

雲の橋・文芸・第十三巻第二号、二月号・二月一日付発行・18～43頁・末尾に「〈了〉」・「創作」欄

浮ぶ部屋・文芸・第十三巻第六号、六月特大号・六月一日付発行・20～46頁・末尾に「〈了〉」・「創作特集」欄

遠い陸橋・海・第六巻第八号、八月号・八月一日付発行・132～142頁・末尾に「〈了〉」

浮ぶ部屋　第七十一回芥川賞候補作・文芸春秋・第五十二巻第十号、九月特別号・九月一日付発行・374～398頁・末尾に「〈了〉」・「第71回芥川賞発表」欄・表紙に「芥川賞発表」

あの夕陽・新潮・第七十一巻第九号、第八三五号、九月号・九月一日付発行・6～29頁・末尾に「〈了〉」・「小説」欄

昭和五十（一九七五）年

天堂への馬車代・中央公論・第九十年第一号、第一〇五四号、一月特大号、新年特大号・一月一日付発行・310～323頁・「新春競作」欄

あの夕陽　第七十二回芥川賞受賞作・文芸春秋・第五十三巻第三号、三月特別号・三月一日付発行・408～432頁・末尾に「〈了〉」・「第72回芥川賞発表」欄

風の地平・文芸・第十四巻第三号、三月号・三月一日付発行・22～62頁・末尾に「〈了〉」・「創作」欄

石の年・文学界・第二十九巻第三号、三月号・三月一日付発行・20～43頁・末尾に「〈了〉」・「芥川賞受賞第一作」欄

野の果て・新潮・第七十二巻第四号、第八四二号、四月号・四月一日付発行・92～106頁・末尾に「〈了〉」

ヤモリのいる部屋・群像・第三十巻第五号、五月号・五月一日付発行・14～28頁

暗い参道・海・第七巻第五号、七十三号、五月号・

五月一日付発行・30～43頁

サイゴンの老人・別冊文芸春秋・第百三十二号、132特別号、「芥川賞・直木賞40周年記念号」・六月五日付発行・193～203頁・末尾に「〈了〉」

昭和五十一（一九七六）年

彼岸の墓・中央公論・第九十一年第一号、第一〇六六号、一月特大号、新年特大号・一月一日付発行・344～361頁・「短篇」欄

空中庭園・海・第八巻第一号、八十一号、新年特大号・一月一日付発行・155～163頁・末尾に「(了)」・「新年創作特集」欄

赤い月・文芸展望・冬号、第十二号、一月号・一月一日付発行・66～85頁・「短篇特集」欄

昭和五十二（一九七七）年

闇ありき・文芸展望・冬号、第十六号、一月号・一月一日付発行・90～105頁・末尾に「(了)」

西湖幻幻・海・第九巻第八号、一〇〇号、八月特別号・八月一日付発行・144～157頁・末尾「(了)」・「創刊一〇〇号記念特集」欄

漂泊・文芸・第十六巻第十号、十月号・十月一日付発行・28～71頁・末尾に「(了)」・「創作」欄・「目次」に「一四〇枚」

ポンペイの光・海・第九巻第十一号、一〇三号、十一月特大号・十一月一日付発行・48～57頁・末尾に「(了)」

昭和五十三（一九七八）年

空室・文学界・第三十二巻第一号、新年特別号、一月号・一月一日付発行・90～97頁・末尾に「(了)」

蛇のいた場所・文芸展望・冬季号、第二十号、一月号・一月一日付発行・84～94頁・末尾に「(了)」

北の火・新潮・第七十五巻第二号、二月号・二月一日付発行・110～129頁・末尾に「(了)」・「小説」欄

裏階段・文学界・第三十二巻第二号、二月号・二月

一日付発行・144～159頁・末尾に「〈了〉」・「新春創作特集」欄

台地・文学界・第三十二巻第三号、三月号・三月一日付発行・58～66頁・末尾に「〈了〉」

暗い穴・文学界・第三十二巻第四号、四月号・四月一日付発行・60～67頁・末尾に「〈了〉」

果ての谷・すばる・第三十四号・四月五日付発行・24～38頁・「創作特集」欄

断層・文学界・第三十二巻第五号、五月号・五月一日付発行・88～95頁・末尾に「〈了〉」

共生・文芸・第十七巻第七号、七月特大号、七月号・七月一日付発行・104～113頁・末尾に「〈了〉」・「小説」欄

鉄の時代・文学界・第三十二巻第七号、七月号・七月一日付発行・28～36頁・末尾に「〈了〉」

河口・文学界・第三十二巻第八号、八月号・八月一日付発行・102～111頁・末尾に「〈了〉」

骨肉・群像・第三十三巻第九号、九月特大号・九月一日付発行・138～149頁

雲の柱・文学界・第三十二巻第九号、九月号・九月一日付発行・76～85頁・末尾に「〈了〉」

井戸・文学界・第三十二巻第十号、十月号・十月一日付発行・60～66頁・末尾に「〈了〉」

逆光・文学界・第三十二巻第十一号、十一月号・十一月一日付発行・60～67頁・末尾に「〈了〉」・「創作特集」欄

往還・文学界・第三十二巻第十二号、十二月号・十二月一日付発行・50～57頁・末尾に「〈了〉」

昭和五十四（一九七九）年

軌道・季刊芸術・冬号、第十三巻第一号、通巻第四十八号・一月一日付発行・182～188頁・末尾に「〈了〉」・「創作」欄

窓の女・すばる・一月臨時増刊・一月五日付発行・167～177頁・「三十枚の短篇小説二十一人集」欄

黒い音・群像・第三十四巻第四号、四月特大号・四月一日付発行・42～60頁・末尾に「（『黄道のひかり』その一）」

枯野の子・群像・第三十四巻第七号、七月特大号・七月一日付発行・172〜188頁・末尾に「(『黄道のひかり』その二)」

立体交差・群像・第三十四巻第八号、八月特大号・八月一日付発行・74〜90頁・末尾に「(『黄道のひかり』その三)」

母のない夜・群像・第三十四巻第九号、九月号・九月一日付発行・148〜164頁・末尾に「(『黄道のひかり』その四)」

影の部分・群像・第三十四巻第十号、十月特大号・十月一日付発行・138〜152頁・末尾に「(『黄道のひかり』その五)」

谷間・群像・第三十四巻第十一号、十一月特大号・十一月一日付発行・138〜152頁・末尾に「(『黄道のひかり』その六)」

光る影・群像・第三十四巻第十二号、十二月特大号・十二月一日付発行・385〜399頁・末尾に「(『黄道のひかり』完)」

昭和五十五（一九八〇）年

雪女・新潮・第七十七巻第四号、第九〇二号、四月号・四月一日付発行・21〜41頁・末尾に「(了)」と追記とあり

黒い水・すばる・第二巻第六号、六月号・六月一日付発行・6〜21頁・末尾に「(了)」

地下都市・海・第十二巻第八号、一三六号、八月特別号・18〜28頁・末尾に「(了)」・「創作」欄

昭和五十六（一九八一）年

白い闇・文学界・第三十五巻第一号、新年特別号、一月号・一月一日付発行・104〜112頁・末尾に「(了)」

秘園・すばる・第三巻第一号、一月号・一月一日付発行・140〜177頁・末尾に「(『抱擁』第一部)」・「新年創作特集」欄・「目次」に「(125枚)」

昼と夜の境に立つ樹・海・第十三巻第二号、一四二号、新春二月号・二月一日付発行・26〜36頁・末尾に「(了)」

飛天女・すばる・第三巻第三号、創作特集号、三月号・三月一日付発行・130～158頁・末尾に「(「抱擁」第二部)」

島・作品・第二巻第四号、四月号・四月一日付発行・127～137頁・末尾に「(了)」

向う側・すばる・第三巻第五号、五月号・五月一日付発行・156～186頁・末尾に「(「抱擁」第三部)」

白夜・すばる・第三巻第七号、七月号・七月一日付発行・278～300頁・末尾に「(「抱擁」第四部)」

ワルキューレの光・文学界・第三十五巻第八号、八月号・八月一日付発行・34～46頁・末尾に「〈了〉」・「創作特集」欄

方舟・すばる・第三巻第九号、九月号・九月一日付発行・48～76頁・末尾に「(「抱擁」完)」・「目次」に「連作完結」

渦巻・海・第十三巻第十号、一五〇号、十月特別号・十月一日付発行・188～203頁・末尾に「(了)」・「創刊一五〇号記念特集」欄

夕焼けの黒い鳥・新潮・第七十八巻第十二号、第九二二号、十二月号・十二月一日付発行・121～147頁・末尾に「(了)」

昭和五十七（一九八二）年

天窓のあるガレージ・海燕・第一巻第一号、創刊新年号・一月一日付発行・122～136頁・末尾に「(了)」

29歳のよろい戸・文学界・第三十六巻第一号、新年特別号、一月号・一月一日付発行・116～127頁・末尾に「〈了〉」

新連載　聖家族・文芸・第二十一巻第一号、一月特大号、一月号・一月一日付発行・22～39頁・末尾に「(以下次号)」・「新年創作特集」欄

連載第二回　聖家族・文芸・第二十一巻第二号、二月号・二月一日付発行・158～174頁・末尾に「(以下次号)」・「創作」欄

連載第三回　聖家族・文芸・第二十一巻第三号、三月号・三月一日付発行・240～256頁・末尾に「(以下次号)」

連載第四回　聖家族・文芸・第二十一巻第四号、四月号・四月一日付発行・190～206頁・末尾に「(以下次号)」

連載第五回　聖家族・文芸・第二十一巻第五号、五月号・五月一日付発行・204～220頁・末尾に「(以下次号)」

連載第六回　聖家族・文芸・第二十一巻第六号、六月特大号、六月号・六月一日付発行・308～323頁・末尾に「(以下次号)」

連載第七回　聖家族・文芸・第二十一巻第七号、七月号・七月一日付発行・214～229頁・末尾に「(以下次号)」

連載第八回　聖家族・文芸・第二十一巻第八号、八月号・八月一日付発行・212～228頁・末尾に「(以下次号)」

カラスの見える場所・新潮・第七十九巻第八号、第九三〇号、八月号・八月一日付発行・148～161頁・末尾に「(了)」・「今月の短篇」欄

連載完結　聖家族・文芸・第二十一巻第九号、九月号・九月一日付発行・212～227頁・末尾に「(完)」

俯く像・文学界・第三十六巻第九号、九月号・九月一日付発行・58～75頁・末尾に「〈了〉」・「創作特集」欄

羽《う》化《か》・すばる・第四巻第十号、十月号・十月一日付発行・28～38頁・末尾に「(了)」・「30枚の短篇小説特集」欄

火口湖・文学界・第三十六巻第十二号、十二月号・十二月一日付発行・18～35頁・末尾に「〈了〉」

ふしぎな球・海・臨時増刊「子どもの宇宙」・第十四巻第十三号、一六五号・十二月二十日付発行・52～68頁・末尾に「(ひのけいぞう)」・「童話」欄・「さし絵　福田隆義」

昭和五十八(一九八三)年

草・文芸・第二十二巻第一号、一月特大号、一月号・一月一日付発行・206～225頁・末尾に「(了)」・「小説特集」欄

つねに最後の春・文学界・第三十七巻第六号、六月

号・六月一日付発行・74〜89頁・末尾に「〈了〉」

向う側・中央公論・第九十八年第九号、第一一六八号、八月号・八月一日付発行・320〜330頁・末尾に「〈了〉」・「創作」欄・「装画・野田裕示」

空の階段・文学界・第三十七巻第九号、九月号・九月一日付発行・48〜64頁・末尾に「〈了〉」・「創作」欄

昭和五十九（一九八四）年

砂の街・海・第十六巻第一号、一七八号、新年特別号・一月一日付発行・112〜129頁・末尾に「〈了〉」・「新年創作特集」欄

夢を走る・文学界・第三十八巻第一号、新年特別号・一月一日付発行・98〜105頁・末尾に「〈了〉」

星の流れが聞こえる家・海燕・第三巻第七号、七月号・七月一日付発行・90〜102頁・末尾に「〈了〉」

孤独なネコは黒い雪の夢をみる・新潮・第八十一巻第九号、第九五六号、九月号・九月一日付発行・166〜185頁・末尾に「〈了〉」

石の花・中央公論文芸特集・第一巻第一号、通巻第一号、復刊第一号、秋季号・十月二十五日付発行・214〜224頁・末尾に「カット　吉原英雄」

ビルの消えた日・文学界・第三十八巻第十一号、十一月号・十一月一日付発行・82〜98頁、末尾に「〈了〉」

昭和六十（一九八五）年

〈新連載〉砂丘が動くように・中央公論・第百巻第一号、第一一八八号、新年特大号・一月一日付発行・443〜455頁・末尾に「（つづく）」・「新連載小説」欄・「装画・榎倉康二」・445頁に「日野啓三氏」の紹介

〈連載第二回〉砂丘が動くように・中央公論・第百巻第二号、第一一八九号、新春二月特大号・二月一日付発行・354〜365頁・末尾に「（つづく）」・「装画・榎倉康二」

大いなる影・文学界・第三十九巻第三号、三月号・三月一日付発行・126〜140頁・末尾に「〈了〉」

〈連載第三回〉砂丘が動くように・中央公論・第百巻第三号、第一一九〇号、三月号・三月一日付発行・337～349頁・末尾に「(つづく)」・「装画・榎倉康二」

〈連載第四回〉砂丘が動くように・中央公論・第百年第四号、第一一九一号、四月特大号・四月一日付発行・391～403頁・末尾に「(つづく)」・「装画・榎倉康二」

〈連載第五回〉砂丘が動くように・中央公論・第百年第五号、第一一九二号、五月号・五月一日付発行・418～431頁・末尾に「(第一章おわり、つづく)」・「装画・榎倉康二」

〈連載第六回〉砂丘が動くように・中央公論・第百年第六号、第一一九三号、六月特大号・六月一日付発行・380～392頁・末尾に「(つづく)」・「装画・榎倉康二」

〈連載第七回〉砂丘が動くように・中央公論・第百年第七号、第一一九四号、七月特大号・七月一日付発行・370～383頁・末尾に「(つづく)」・「装画・榎倉康二」

夢の島・群像・第四十巻第七号、七月号・七月一日付発行・6～94頁・表紙に「一挙掲載「夢の島」(260枚)日野啓三」、「目次」に「一挙掲載」

〈連載第八回〉砂丘が動くように・中央公論・第百年第八号、第一一九五号、八月特大号・八月一日付発行・392～404頁・末尾に「(つづく)」・「装画・榎倉康二」

〈連載第九回〉砂丘が動くように・中央公論・第百年第九号、第一一九六号、九月特大号・九月一日付発行・370～383頁・末尾に「(第二章おわり、つづく)」・「装画・榎倉康二」

〈連載第十回〉砂丘が動くように・中央公論・第百年第十号、第一一九七号、十月特大号・十月一日付発行・382～395頁・末尾に「(つづく)」・「装画・榎倉康二」

鏡の高原・海燕・第四巻第十号、十月号・十月一日付発行・168～182頁・末尾に「(了)」と「あとがき」

〈連載第十一回〉砂丘が動くように・中央公論・第

百年第十二号、第一一九九号、十一月特大号、「創業100年記念」・十一月一日付発行・606～620頁・末尾に「（つづく）」・「装画・榎倉康二」

光る輪・文学界・第三十九巻第十一号、十一月号・十一月一日付発行・30～41頁・末尾に「〈了〉」

〈連載最終回〉砂丘が動くように・中央公論・第百年第十三号、第一二〇〇号、十二月特大号・十二月一日付発行・392～403頁・末尾に「（終わり）」・「装画・榎倉康二」

昭和六十一（一九八六）年

新連載　Living Zero・すばる・第八巻第一号、新年号・一月一日付発行・258～266頁・末尾に「（つづく）」・「新連載」欄

風を讃えよ・文学界・第四十巻第一号、新年特別号、一月号・一月一日付発行・102～112頁・末尾に「〈了〉」

〈第二回〉Living Zero・すばる・第八巻第二号、二月号・二月一日付発行・222～233頁・末尾に「（つづく）」・「新連載」欄

〈第三回〉Living Zero・すばる・第八巻第三号、三月号・三月一日付発行・229～241頁・末尾に「（つづく）」・「連載」欄

〈第四回〉Living Zero・すばる・第八巻第四号、四月号・四月一日付発行・218～234頁・末尾に「（つづく）」と付記・「連載」欄

七千万の夜警・海燕・第五巻第四号、四月号・四月一日付発行・80～91頁・末尾に「（了）」

闇の誘い・季刊東京人・創刊第二号、「1986春」・四月一日付発行・172～182頁・「創作」欄

〈第五回〉Living Zero・すばる・第八巻第五号、五月号・五月一日付発行・292～303頁・末尾に「（つづく）」・「連載」欄

〈第六回〉Living Zero・すばる・第八巻第六号、六月号・六月一日付発行・218～231頁・末尾に「（つづく）」・「連載」欄

〈第七回〉Living Zero・すばる・第八巻第七号、七月号・七月一日付発行・222～236頁・末尾に「（つ

づく〉」・「連載」欄

〈第八回〉Living Zero・すばる・第八巻第八号、八月号・八月一日付発行・216～230頁・末尾に「〈つづく〉」・「連載」欄

〈第九回〉Living Zero・すばる・第八巻第九号、九月号・九月一日付発行・244～259頁・末尾に「〈つづく〉」・「連載」欄

〈第十回〉Living Zero・すばる・第八巻第十号、十月号・十月一日付発行・235～248頁・末尾に「〈つづく〉」・「連載」欄

〈第十一回〉Living Zero・すばる・第八巻第十一号、十一月号・十一月一日付発行・232～244頁・末尾に「〈つづく〉」・「連載」欄

〈最終回〉Living Zero・すばる・第八巻第十二号、十二月号・十二月一日付発行・238～254頁・末尾に「〈完〉」・「連載」欄

昭和六十二（一九八七）年

窓を想像せよ・文学界・第四十一巻第一号、新年特別号、一月号・一月一日付発行・18～36頁・末尾に「〈了〉」・「現代日本の短篇⑳」欄

ランナーズ・ハイ・新潮・第八十四巻第一号、第九八四号、一月特大号・一月一日付発行・6～48頁・末尾に「〈了〉」・「目次」に「ランナーズ・ハイ150枚日野啓三」

ONCE UPON A TIME IN TOKYO・別冊文芸春秋・「一八〇記念特別号」・七月一日付発行・430～438頁・末尾に「〈了〉」・「芥川賞作家短篇全集」欄

光る荒地・新潮・第八十四巻第十号、第九九三号、十月号・十月一日付発行・6～61頁・末尾に「〈了〉」・「目次」に「光る荒地180枚」

昭和六十三（一九八八）年

岸辺にて・海燕・第七巻第一号、新年特大号・一月一日付発行・102～113頁・末尾に「〈了〉」・「新年創作特集」欄

時間《とき》がなだれる・海燕・第七巻第三号、三月号・三月一日付発行・164～175頁・末尾に「〈了〉」・「目

次」に「三六枚」

背後には何もないか・海燕・第七巻第十号、十月号・十月一日付発行・128〜141頁・末尾に「(了)」・「目次」に「四二枚」

ここはアビシニア・群像・第四十三巻第十一号、十一月号・十一月一日付発行・114〜127頁・「短篇」欄・表紙に「創作特集」

昭和六十四年・平成元（一九八九）年

林でない林・海燕・第八巻第一号、新年特大号・一月一日付発行・110〜128頁・末尾に「(了)」・「目次」に「六三枚」

あゝ霊魂・文学界・第四十三巻第三号、三月号、「芥川賞一〇〇回記念特別号」・三月一日付発行・286〜297頁・末尾に「〈了〉」・「芥川賞作家短篇競作」欄

天使のささやき・海燕・第八巻第五号、五月号・五月一日付発行・186〜198頁・末尾に「(了)」・「目次」に「三九枚」

森が生きるように・群像・第四十四巻第十号、十月特大号・十月一日付発行・178〜187頁・「創作特集」欄

平成二（一九九〇）年

黒い天使・海燕・第九巻第四号、四月号、「創刊一〇〇号記念特別号」・四月一日付発行・162〜177頁・末尾に「(了)」・「目次」に「四五枚」

メランコリックなオブジェ・中央公論文芸特集・第七巻第二号、通巻第二十三号、夏季号・六月二十五日付発行・10〜20頁・末尾に「(了)」・「カット・中西夏之」

森をめぐる小さな物語・すばる・第十二巻第七号、七月号、「創刊20周年記念号」・七月一日付発行・216〜218頁・「フォーラムすばる〔森の気配〕」欄

文明季評—'90冬　東京タワーが救いだった—腎臓ガン手術からの生還・中央公論文芸特集・第七巻第四号、通巻第二十五号、冬季号・十二月二十五日付発行・222〜249頁・末尾に「(1990年9月下旬〜10月上旬記)」

平成三（一九九一）年

牧師館・文学界・第四十五巻第一号、新年特別号・一月一日付発行・94～105頁・末尾に「〈了〉」

屋上の影たち・文芸春秋・第六十九巻第四号、四月号・438～452頁・末尾に「〈了〉」・「文芸春秋短篇文学館」欄

断崖の白い掌の群・中央公論文芸特集・第八巻第二号、通巻第二十七号、夏季号・六月二十五日付発行・90～101頁・末尾「〈了〉」・「創作」欄・「カット・中西夏之」

〈新連載〉台風の眼・新潮・第八十八巻第七号、第一〇三八号、七月号・七月一日付発行・170～178頁・末尾「（つづく）」

台風の眼（連載第二回）・新潮・第八十八巻第八号、第一〇三九号、八月号・八月一日付発行・294～300頁・末尾に「（つづく）」・「連載小説」欄

台風の眼（連載第三回）・新潮・第八十八巻第九号、第一〇四〇号、九月特大号・九月一日付発行・358～366頁・末尾に「（つづく）」・「連載小説」欄

雲海の裂け目・中央公論文芸特集・第八巻第三号、通巻第二十八号、秋季号・九月二十五日付発行・124～135頁・末尾に「〈了〉」・「創作」欄・「カット・中西夏之」

台風の眼（連載第四回）・新潮・第八十八巻第十号、第一〇四一号、十月号・十月一日付発行・292～300頁・末尾に「（つづく）」・「連載小説」欄

台風の眼（連載第五回）・新潮・第八十八巻第十一号、第一〇四二号、十一月特大号・十一月一日付発行・352～361頁・末尾に「（つづく）」・「連載小説」欄

台風の眼（連載第六回）・新潮・第八十八巻第十二号、第一〇四三号、十二月特大号・十二月一日付発行・324～332頁・末尾に「（つづく）」・「連載小説」欄

平成四（一九九二）年

台風の眼（連載第七回）・新潮・第八十九巻第二号、第一〇四五号、二月新春特大号、二月特大号・二

月一日付発行・390〜398頁・末尾に「（つづく）」・「連載小説」欄

世界の同意・文学界・第四十六巻第二号、新春特別号、二月号、「文藝春秋七十周年記念特別号」・二月一日付発行・62〜70頁・末尾に「〈了〉」・「創作特集」欄

台風の眼（連載第八回）・新潮・第八十九巻第三号、第一〇四六号、三月号・三月一日付発行・288〜297頁・末尾に「（つづく）」・「連載小説」欄

台風の眼（連載第九回）・新潮・第八十九巻第四号、第一〇四七号、四月号・四月一日付発行・308〜317頁・末尾に「（つづく）」・「連載小説」欄

台風の眼（連載第十回）・新潮・第八十九巻第五号、第一〇四八号、五月号・五月一日付発行・318〜326頁・末尾に「（つづく）」・「連載小説」欄

台風の眼（連載第十一回）・新潮・第八十九巻第六号、第一〇四九号、六月特大号・六月一日付発行・392〜400頁・末尾に「（つづく）」・「連載小説」欄

台風の眼（連載第十二回）・新潮・第八十九巻第七号、第一〇五〇号、七月号・七月一日付発行・310〜318頁・末尾に「（つづく）」・「連載小説」欄

台風の眼（連載第十三回）・新潮・第八十九巻第八号、第一〇五一号、八月特大号・八月一日付発行・350〜359頁・末尾に「（つづく）」・「連載小説」欄

われらの世界・中央公論文芸特集・第九巻第二号、通巻第三十一号、夏季号・八月二十五日付発行・54〜65頁・末尾に「（了）」・「創作」欄・「カット・中西夏之」

台風の眼（連載第十四回）・新潮・第八十九巻第九号、第一〇五二号、九月号・九月一日付発行・318〜326頁・末尾に「（つづく）」・「連載小説」欄

台風の眼（連載第十五回）・新潮・第八十九巻第十号、第一〇五三号、十月号・十月一日付発行・300〜309頁・末尾に「（つづく）」・「連載小説」欄

台風の眼（連載第十六回）・新潮・第八十九巻第十一号、第一〇五四号、十一月特大号・十一月一日付発行・432〜441頁・末尾に「（つづく）」・「連載小説」欄

台風の眼（連載第十七回）・新潮・第八十九巻第十二号、第一〇五五号、十二月号・十二月一日付発行・318〜327頁・末尾に「（つづく）」・「連載小説」欄

平成五（一九九三）年

台風の眼（連載第十八回）・新潮・第九十巻第二号、第一〇五七号、二月新春特大号・二月一日付発行・397〜405頁・末尾に「（つづく）」・「連載小説」欄

台風の眼（連載完結）・新潮・第九十巻第三号、第一〇五八号、三月号・三月一日付発行・290〜298頁・末尾に「（了）」・「連載小説」欄

顔のない私・中央公論文芸特集・第十巻第二号、通巻第三十号、夏季号・六月二十五日付発行・52〜60頁・末尾に「（了）」・「短篇競作」欄・「カット・中西夏之」

火星の青い花・すばる・第十五巻第七号、七月号、特大号・七月一日付発行・32〜38頁・末尾に「（了）」・「創作特集」欄

平成六（一九九四）年

新連載　インターゾーン・文学界・第四十八巻第二号、新春特別号・二月一日付発行・18〜29頁・末尾に「〈つづく〉」

インターゾーン　―新連載第二回―・文学界・第四十八巻第三号、三月号・三月一日付発行・152〜163頁・末尾に「〈つづく〉」

オアシスの園《その》で・中央公論文芸特集・第十一巻第一号、通巻第三十八号、春季号・三月二十五日付発行・94〜103頁・末尾に「（了）」・「創作」欄・「カット・中西夏之」

インターゾーン　―新連載第三回―・文学界・第四十八巻第四号、四月号・四月一日付発行・178〜189頁・末尾に「〈つづく〉」

インターゾーン　―連載第四回―・文学界・第四十八巻第五号、五月号・五月一日付発行・292〜303頁・末尾に「〈つづく〉」

インターゾーン　―連載第五回―・文学界・第四十八巻第六号、六月号・六月一日付発行・338〜349

頁・末尾に「〈つづく〉」・「連載小説」欄

インターゾーン　―連載第六回―・文学界・第四十八巻第七号、七月号・七月一日付発行・270〜281頁・末尾に「〈つづく〉」・「連載小説」欄

インターゾーン　―連載第七回―・文学界・第四十八巻第八号、八月号・八月一日付発行・284〜295頁・末尾に「〈つづく〉」・「連載小説」欄

インターゾーン　―連載第八回―・文学界・第四十八巻第九号、九月号・九月一日付発行・282〜293頁・末尾に「〈つづく〉」・「連載小説」欄

聖岩・中央公論文芸特集・第十一巻第三号、通巻第四十号、秋季号・九月二十五日付発行・44〜58頁・末尾に「(了)」・「創作」欄・「カット・中西夏之」

インターゾーン　―連載第九回―・文学界・第四十八巻第十号、十月号・十月一日付発行・250〜260頁・末尾に「〈つづく〉」・「連載小説」欄

インターゾーン　―連載第十回―・文学界・第四十八巻第十一号、十一月号・十一月一日付発行・282〜293頁・末尾に「〈つづく〉」・「連載小説」欄

インターゾーン　―連載第十一回―・文学界・第四十八巻第十二号、十二月号・十二月一日付発行・346〜359頁・末尾に「〈つづく〉」・「連載小説」欄

平成七（一九九五）年

インターゾーン　―連載第十二回―・文学界・第四十九巻第一号、新年特別号、一月号・一月一日付発行・314〜325頁・末尾に「〈つづく〉」・「連載小説」欄

遥かなるものの呼ぶ声・中央公論・第百十年第一号、第一三一七号、新年号・一月一日付発行・290〜307頁・「装画・吉原英雄」

幻影と記号・すばる・第十七巻第一号、一月特大号、一月号・一月一日付発行・26〜45頁・末尾に「(了)」・「小説」欄

インターゾーン　―連載第十三回―・文学界・第四十九巻第二号、新春特別号・二月一日付発行・338〜350頁・末尾に「〈つづく〉」・「連載小説」欄

インターゾーン　―連載第十四回―・文学界・第四十九巻第三号、三月号・三月一日付発行・306〜319頁・末尾に「〈つづく〉」・「連載小説」欄

出あいの風景　ポプラ・朝日新聞（夕刊）・第三九一九〇号・三月二十日付発行・7面・「文化」欄

出あいの風景　カラス・朝日新聞（夕刊）・第三九一九一号・三月二十二日付発行・9面・末尾に「(作家)」・「文化」欄

出あいの風景　花のオアシス・朝日新聞（夕刊）・第三九一九二号・三月二十三日付発行・13面・末尾に「(作家)」・「文化」欄

出あいの風景　踏切・朝日新聞（夕刊）・第三九一九三号・三月二十四日付発行・7面・末尾に「(作家)」・「文化」欄

インターゾーン　―連載第十五回―・文学界・第四十九巻第四号、四月号・四月一日付発行・272〜284頁・末尾に「〈つづく〉」・「連載小説」欄

インターゾーン　―連載第十六回―・文学界・第四十九巻第五号、五月号・五月一日付発行・340〜350頁・末尾に「〈つづく〉」・「連載小説」欄

インターゾーン　―連載第十七回―・文学界・第四十九巻第六号、六月号・六月一日付発行・248〜257頁・末尾に「〈つづく〉」・「連載小説」欄

塩塊・すばる・第十七巻第六号、六月号、「創刊二十五周年特大号」・六月一日付発行・28〜41頁・末尾に「(了)」・「小説」欄

古都・中央公論文芸特集・第十二巻第二号、通巻四十三号、夏季号・六月二十五日付発行・72〜94頁・末尾に「(了)」・「カット・東谷武美」

インターゾーン　―連載第十八回―・文学界・第四十九巻第七号、七月号・七月一日付発行・286〜299頁・末尾に「〈次号完結〉」・「連載小説」欄

インターゾーン　―最終回―・文学界・第四十九巻第八号・八月号、八月一日付発行・276〜285頁・末尾に「〈完〉」・「連載小説」欄

平成八（一九九六）年

先住者たち・新潮・第九十三巻第一号、第一〇九二

号、新年特大号・一月特大号・一月一日付発行・201～209頁・末尾に「(了)」

黒よりも黒く・文学界・第五十巻第一号、新年特別号、一月号・一月一日付発行・18～33頁・末尾に「〈了〉」・「新年創作特集」欄

闇の白鳥・すばる・第十八巻第五号、五月号・五月一日付発行・114～123頁・末尾に「(了)」・「小説」欄

梯《はしご》の立つ街・群像・第五十一巻第十号、創刊五十周年記念、十月特大号、創刊五十周年記念号・十月一日付発行・318～325頁・「創作特集」欄

平成九（一九九七）年

天池　―連載第一回―・群像・第五十二巻第一号、一月特大号・一月一日付発行・6～15頁・末尾に「(以下次号)」・「目次」に「新連載　天池」

境界にて・文学界・第五十一巻第一号、新年特別号、一月号・一月一日付発行・110～125頁・末尾に「〈了〉」・「新年創作特集」欄

踏切・すばる・第十九巻第一号、新年特大号、一月特大号、一月号・一月一日付発行・52～58頁・末尾に「(了)」・「小説」欄

天池　―連載第二回―・群像・第五十二巻第二号、二月号・二月一日付発行・196～204頁・末尾に「(以下次号)」・「連載」欄

天池　―連載第三回―・群像・第五十二巻第三号、三月号・三月一日付発行・200～208頁・末尾に「(以下次号)」・「連載」欄

天池　―連載第四回―・群像・第五十二巻第四号、四月特大号・四月一日付発行・228～236頁・末尾に「(以下次号)」・「連載」欄

天池　―連載第五回―・群像・第五十二巻第五号、五月号・五月一日付発行・230～240頁・末尾に「(以下次号)」・「連載」欄

天池　―連載第六回―・群像・第五十二巻第六号、六月特大号・六月一日付発行・350～358頁・末尾に「(以下次号)」・「連載」欄

天池　―連載第七回―・群像・第五十二巻第七号、

七月号・七月一日付発行・224〜232頁・末尾に「(以下次号)」・「連載」欄

天池　―連載第八回―・群像・第五十二巻第八号、八月号・八月一日付発行・284〜292頁・末尾に「(以下次号)」・「連載」欄

天池　―連載第九回―・群像・第五十二巻第九号、九月号・九月一日付発行・190〜200頁・末尾に「(以下次号)」・「連載」欄

天池　―連載第十回―・群像・第五十二巻第十号、十月号・十月一日付発行・246〜254頁・末尾に「(以下次号)」・「連載」欄

天池　―連載第十一回―・群像・第五十二巻第十一号、十一月号・十一月一日付発行・276〜286頁・末尾に「(以下次号)」・「連載」欄

天池　―連載第十二回―・群像・第五十二巻第十二号、十二月号・十二月一日付発行・218〜227頁・末尾に「(以下次号)」と付記・「連載」欄

平成十（一九九八）年

天池　―連載第十三回―・群像・第五十三巻第一号、一月特大号、新年号・一月一日付発行・318〜326頁・末尾に「(以下次号)」・「連載」欄

ここで踊れ・すばる・第二十巻第一号、一月特大号、新年特大号、一月号・一月一日付発行・72〜82頁・末尾に「(了)」・「新年創作特集」欄

十月の光・新潮・第九十五巻第一号、第一一一六号、新年特大号、一月特大号、一月一日付発行・175〜187頁・末尾に「(了)」・「新年創作特集」欄

天池　―連載第十四回―・群像・第五十三巻第五号、五月号・五月一日付発行・258〜268頁・末尾に「(以下次号)」・「連載」欄

天池　―連載第十五回―・群像・第五十三巻第六号、六月特大号・六月一日付発行・358〜367頁・末尾に「(以下次号)」・「連載」欄

天池　―連載第十六回―・群像・第五十三巻第七号、七月号・七月一日付発行・198〜208頁・末尾に「(以下次号)」・「連載」欄

天池　―連載第十七回―・群像・第五十三巻第八号、八月号・八月一日付発行・252～260頁・末尾に「(以下次号)」・「連載」欄

天池　―連載第十八回―・群像・第五十三巻第九号、九月号・九月一日付発行・278～285頁・末尾に「(この章終り、以下次号)」・「連載」欄

天池　―連載第十九回―・群像・第五十三巻第十号、十月特大号・十月一日付発行・332～341頁・末尾に「(以下次号)」・「連載」欄

天池　―連載第二十回―・群像・第五十三巻第十一号、十一月特大号・十一月一日付発行・326～337頁・末尾に「(以下次号)」・「連載」欄

天池　―連載第二十一回―・群像・第五十三巻第十二号、十二月特大号・十二月一日付発行・378～387頁・末尾に「(以下次号)」・「連載」欄

平成十一（一九九九）年

天池　―連載第二十二回―・群像・第五十四巻第一号、一月特大号・一月一日付発行・346～354頁・末尾に「(次号完結)」・「連載」欄

天池　―連載第二十三回―Epilogue・群像・第五十四巻第二号、二月特大号・二月一日付発行・346～357頁・末尾に「(完)」・「連載完結」欄

平成十二（二〇〇〇）年

精霊の降りてくる道・すばる・第二十二巻第一号、新年特大号、一月特大号、一月号・一月一日付発行・28～43頁・末尾に「(次号完結)」・「新年創作特集」欄

精霊の降りてくる道（二）・すばる・第二十二巻第二号、二月号・二月一日付発行・120～130頁・末尾に「(以下次号)」

「ふたつの千年紀《ミレニアム》の狭間《はざま》で」落葉・すばる・第二十二巻第十二号、十二月号・十二月一日付発行・38～40頁・末尾に「(了)」・「短篇」欄

「ふたつの千年紀《ミレニアム》の狭間《はざま》で」風が哭《な》く・すばる・第二十二巻第十二号、十二月号・十二月一日付発行・41～45頁・末尾に「(了)」・「短篇」欄

平成十三（二〇〇一）年

薄青く震える光の中で・すばる・第二十三巻第一号、新年特大号、一月特大号、一月号・一月一日付発行・42～51頁・末尾に「(了)」・「短篇」欄

「ふたつの千年紀《ミレニアム》の狭間《はざま》で」③日中手話親善大会・すばる・第二十三巻第二号、新春特大号、二月特大号、二月号・二月一日付発行・52～60頁・末尾に「(了)」

「ふたつの千年紀《ミレニアム》の狭間《はざま》で」④迷宮庭園・すばる・第二十三巻第三号、三月特大号、三月号・三月一日付発行・22～31頁・末尾に「(了)」・「中篇」欄

「ふたつの千年紀《ミレニアム》の狭間《はざま》で」⑤微笑・すばる・第二十三巻第四号、四月号・四月一日付発行・48～53頁・末尾に「(了)」

「ふたつの千年紀《ミレニアム》の狭間《はざま》で」⑥デジャ・ヴュ・すばる・第二十三巻第五号、五月号・五月一日付発行・144～149頁・末尾に「(了)」

「ふたつの千年紀《ミレニアム》の狭間《はざま》で」⑦生成無限・すばる・第二十三巻第六号、六月特大号、六月号・六月一日付発行・74～85頁・末尾に「(了)」

「ふたつの千年紀《ミレニアム》の狭間《はざま》で」⑧黒い音符・すばる・第二十三巻第八号、八月号・八月一日付発行・126～133頁・末尾に「(了)」

「ふたつの千年紀《ミレニアム》の狭間《はざま》で」⑨帰郷・すばる・第二十三巻第九号、九月号・九月一日付発行・138～141頁・末尾に「(つづく)」

「ふたつの千年紀《ミレニアム》の狭間《はざま》で」⑩帰郷・すばる・第二十三巻第十号、十月号・十月一日付発行・142～153頁・末尾に「(了)」・「短篇」欄

「ふたつの千年紀《ミレニアム》の狭間《はざま》で」⑪新たなマンハッタン風景を・すばる・第二十三巻第十一号、十一月特大号、十一月号・十一月一日付発行・86～93頁・末尾に「(了)」

「ふたつの千年紀《ミレニアム》の狭間《はざま》で」⑫公園にて・すばる・第二十三巻第十二号、十二月号・十二月一日付発行・24～34頁・末尾に「(了)」・「短篇」欄

初出一覧

「向陵時報」紙上の日野啓三
　「近代文学試論」第四十五号　平成十九（二〇〇七）年十二月二十五日付発行

戦後の「向陵時報」
　「芸術至上主義文芸」第三十四号　平成二十（二〇〇八）年十一月二十九日付発行

「現代文学」誌上の日野啓三
　「近代文学試論」第四十七号　平成二十一（二〇〇九）年十二月二十五日付発行

「近代文学」誌上の日野啓三―昭和二十六年まで―
　「近代文学試論」第四十八号　平成二十二（二〇一〇）年十二月二十五日付発行

日野啓三・昭和二十七年の文業
　「近代文学試論」第四十九号　平成二十三（二〇一一）年十二月二十五日付発行

日野啓三　昭和二十九年の文業（上）
　「近代文学試論」第五十一号　平成二十五（二〇一三）年十二月二十五日付発行

日野啓三　昭和二十九年の文業（下）
　「近代文学試論」第五十二号　平成二十六（二〇一四）年十二月二十五日付発行

日野啓三の著書　「芸術至上主義文芸」第十四号　昭和六十三（一九八八）年十二月十日付発行

日野啓三の著書（続）　「芸術至上主義文芸」第三十一号　平成十七（二〇〇五）年十一月二十九日付発行

日野啓三創作総覧稿　「近代文学試論」第四十六号　平成二十（二〇〇八）年十二月二十五日付発行

あとがき

書名の『若き日の日野啓三』は、日野啓三が「初めて書いた文学的文章」と回想している「若き日のドストエフスキイ―人道主義という自己欺瞞について―」に因んでいる。昭和二十年代の日野啓三の文業は、この副題にいう「人道主義」から抜け難く、それに翻弄されながら懸命に生きた軌跡であったといえるかもしれない。

私が日野啓三の文業に親しむようになったのは、昭和三十年代半ばであったように記憶する。夏休に帰省した四国の生家で、風通しのよい部屋に寝ころんで雑誌類を読んでいて、日野啓三の文章に触れ、強く心惹かれたのであった。その後、彼の名を目にすると、そのたびに雑誌や書籍を購入してきた。本書の「Ⅵ　日野啓三の著書」「Ⅶ　日野啓三創作一覧」は、蓄積してきた彼の著作をまとめて紹介したものだ。このうち「日野啓三の著書」は、前半を日野啓三の生前に、後半を逝去後に発表した。だがその頃は、日野啓三に関して、一冊の本にまとめられるような文章を書こうとは、夢にも考えていなかった。

その後、鈴村和成著『アジア、幻境の旅　日野啓三と楼蘭美女』（集英社、平成十八年十一月十日付発行）が上梓され、さらに、平成十九（二〇〇七）年四月頃、古書目録の中に相馬庸郎編著の個人誌

「日野啓三研究」第一号（平成十八年六月一日付発行）を発見して購入。その「あとがき」によって、ふくやま文学館で「日野啓三の世界」展（会期自平成十七年十月十四日至平成十八年一月二十二日）が開催されたことも知った。ふくやま文学館に問い合わせると、図録『日野啓三の世界』も発行されていた。個人研究誌や図録を手にして、私の心が騒ぎ始めたのだ。相馬庸郎氏に問い合わせると、「日野啓三研究」は、すでに第二号（平成十八年八月三十日付発行）・第三号（平成十八年十二月二十日付発行）と発行されていた。続けて第四号（平成十九年七月十日付発行）、第五号（平成十九年十一月三十日付発行）、第六号（平成二十年八月三十日付発行）、第七号（平成二十一年六月十日付発行）、第七号（その二）（平成二十一年八月五日付発行）、第八号（平成二十一年九月十五日付発行）と発行され、その間には、奥野忠昭著『日常を超える闘い　日野啓三論』（ドット・ウィザード、平成二十年十月三十日付発行）も上梓され、さらに相馬庸郎著『日野啓三　意識と身体の作家』（和泉書院、平成二十二年六月二十五日付発行）も上梓された。また、山根繁樹氏の作品論や石田忠彦氏の資料紹介など真摯な研究も発表された。これら一連の動向に刺戟され、自分でも予想さえしていなかった、日野啓三関係資料の紹介を思いたつに到ったのだ。

　私は、昭和三十年代半ばからの日野啓三の文業には親しんできたが、それ以前の昭和二十年代の文業については、ほとんど知らなかった。文学関係者にもあまり知られていないであろうその昭和二十年代の文業を、未来の日野啓三研究者のために調査しておこう、と思い立ち探索を開始。判明した資料を、広島大学近代文学研究会発行の「近代文学試論」に、〈郷土作家資料紹介〉という形で紹介してきた。拙い稿を度々掲載してくれた広島大学近代文学研究会に、改めてお礼を申し上げておきたい。その「近代文学試論」に掲載してきた拙稿を中心にまとめた著書を、相馬庸郎氏の著書と同じ出版社から上梓できることは喜ばしい。上梓を心よく引き受けてくれた和泉書院社長廣橋研三氏にお礼を申し上げる。同社の編集、校正担当者にも、感謝している。また資料の面では、ふくやま文学館の小野雲母子さんに助けてもらった。さらに、妻斐砂子は、日々私を支え続けてくれ、長男乾史、長女理恵も、陰に陽に支援してくれた。この書の成立を支援してくれた人々に、心から謝意を表しておきたい。

　この拙著の校正刷を読みながら、昭和二十年代の日野啓三の文業の裡に、「在るべき日野啓三の言葉」を索め続け、発見できそうで発見できずにいる、私の焦燥のようなものを感じた。日野啓三の側からいえば、彼の思考の苦闘の軌跡であったといえるのだろう。このあと日野啓三は、「人間」を「主体」とする伝統的な「世界観」、その意識の表層の殻を破って深層の意識に覚醒し、「存在論の領域」に踏み込んでいくのだ。いわゆるコペルニクス的転回を果たして、私には馴染み深い、昭和三十年代の文業が現出するのである。

平成二十七年六月十四日

山内祥史

著者紹介

山内　祥史（やまのうち　しょうし）

日本近代文学専攻。和泉書院から『太宰治研究』第１輯（平成６年６月）を編集刊行して、現在第23輯（平成27年６月）に達し、共編書『二十世紀旗手　太宰治』（平成17年３月）も出版している。現在、神戸女学院大学名誉教授、神戸海星女子学院大学名誉教授。

若き日の日野啓三―昭和二十年代の文業―　**和泉選書182**

2016年１月15日　初版第一刷発行

著　者　山内祥史

発行者　廣橋研三

発行所　和泉書院

〒543-0037　大阪市天王寺区上之宮町７－６

電話06-6771-1467／振替00970-8-15043

印刷・製本　亜細亜印刷

装訂　倉本　修

ISBN978-4-7576-0772-9　C1395　定価はカバーに表示

和泉選書

171 賢治・南吉・戦争児童文学 教科書教材を読みなおす　木村功著　品切

172 江戸川乱歩作品論 一人二役の世界　宮本和歌子著　三〇〇〇円

173 山本有三研究 中短編小説を中心に　平林文雄著　三八〇〇円

174 日本語に関する十二章 詫びる？詫びない？日本人　工藤力男著　一八〇〇円

175 まど・みちお 懐かしく不思議な世界　谷悦子著　二二〇〇円

176 ロドリゲス日本大文典の研究　小鹿原敏夫著　三〇〇〇円

177 日本近代文学におけるフロイト精神分析の受容　新田篤著　二三〇〇円

178 平安文学の本文は動く 写本の書誌学序説　片桐洋一著　二三〇〇円

179 大化の改新は身近にあった 公地制・天皇・農業の一新　河野通明著　三三〇〇円

180 日本書紀と古代の仏教 日野昭論文集Ⅰ　日野昭著　三〇〇〇円

（価格は税別）